声の網

星 新一

角川文庫 14095

目次

イラスト　片山　若子

声の網

1

夜の事件

一枚のガラスを境にして、冬と夏とがとなりあっていた。

いまは一月。ショーウインドウのそとでは、きびしい寒さをふくんだ風が走りまわっている。葉の落ちた街路樹の枝をふるわせ、公園の池の氷をひとなでごとに厚くし、時には薄い雲からの、かすかな粉雪を仲間に加えたりもする。

しかし、店のなかの暖房はよくきいていた。ここは各国から輸入した民芸品を売る小さな店だ。たとえば、メキシコ産のあやつり人形がいくつかある。どこかユーモラスな表情の、ひげの濃い、むぎわら帽をかぶった男の人形。赤いスカートの女の人形。黄色、青、白、黒と原色が彩りをきそいあっている。

そばには木の実に緑色でとぼけた目鼻を描いた、まじないの道具ともみえる原始的な楽器がある。もし、この楽器がその秘めた力で音楽を響かせたら、人形たちは踊りはじめ、あたりはたちまち強烈な日光の熱帯になってしまいそうな感じだった。

そのほか、スペイン、ポルトガル、イタリー、インド、タイなどの民芸品が並べられ、派手な色があたりにみちていた。温度だけでなく、店のなかはすみずみまで夏だった。べつにここは暖かい地方の品の専門店ではないのだが、冬になるとこれらの品物がよく売れるのだった。人々は視覚のための暖房装置をも欲しがるからなのだろう。

この店はメロン・マンションの一階にあって通りに面していた。建物の正式の名は第六住宅地区のA号ビル。十二階建で、一階はこのようないくつかの商店になっているが、二階から上はすべて住居用に作られている。住宅地区用の標準型ビルだ。

だが、人間にとって数字やアルファベットだけの表示は味気ない。そこで、それぞれ愛称がつけられている。例をあげれば、少しはなれた第五住宅地区は花の名、第七地区は鳥の名、そして、この地区はくだものの名なのだ。

このとなりのB号ビルはパイナップル・マンションと呼ばれ黄色っぽくぬられており、ここメロン・マンションはいうまでもなくうすみどりだ。

ビルのむれにかこまれ、中央には公園をかねた広場があり、花壇、噴水のある池、それに高速地下鉄の駅への入口もある。居住者の多くは毎朝この入口からはいって都心へつとめに出かけ、夕方にはまた、それぞれの建物のなかの自分の部屋へと戻ってくる。

もっとも、このところは冬の季節なので花壇に草花の生気はなく、噴水もとまっていた。また、いまの時刻は夕方。ひとしきりの帰宅の人々の流れが通りすぎると、散歩する人影もない。薄暗くなるのも早かった。

この民芸品の店の主人は、六十歳ぐらいの男。中年の婦人客の相手をしていた。女客はあれこれ迷ったあげく、陶器の壺《つぼ》のようなものを指さして聞いた。

「これはなんなの」

「スペイン産の水飲み壺でございます。ボティーホという名のものでございます」

「ふくらみのぐあいが素朴でいいわね。もっとくわしい説明をうかがいたいわ」

「かしこまりました」

主人は店の片すみの台の上の電話機に歩みより、番号ボタンをいくつかつづけて押した。それから、電話機の横のボタンをひとつ押す。すると、店の壁にはめこまれたスピーカーから、若い女の声による説明が流れはじめる。

〈ボティーホはスペインのアンダルシア地方で作られております。この地はアフリカに近く、古くはアフリカからイベリア族がここに移住して国を作り、その後フェニキア人が、つづいてカルタゴがその支配をうばい、またジプシーが訪れ……〉

その地の歴史から風土へと説明がつづく。この声は民芸品輸入組合協会の本部から送られてくるものだ。そこへの電話番号をボタンで押し、さらに商品の番号を押す。そこのコンピューターはそれに応じ、ただちに録音テープの声を送りかえしてくれるのだ。うろおぼえや知ったかぶりのあやふやさは、どの店からもなくなっている。

スピーカーで拡大されたその説明には、ギターによるスペインの民謡のメロディーが加わった。哀愁をおびながらも明るい、情熱のこもったリズム。

〈……これをお部屋の棚に、さりげなくお飾りになったらいかがでしょう。エキゾチックなムードが発散し、静かにひろがり、あなたの胸のなかに、やすらぎと楽しさをもたらすことでございましょう。また、ご来客のかたの目には……〉

お客の心のなかに買いたいとの欲求をめばえさせ、それを巧みに育てあげるような口調だった。中年の婦人客の目は品物にひきつけられ、ついにそれを手にした。

「これをいただくことにするわ」

「ありがとうございます。お持ち帰りになりますか。それとも、のちほどお届けいたしましょうか」

「包んでちょうだい。持っていくわ。うちはイチゴ・マンションだから、歩いてすぐなのよ」

女客は金を払い、品物をかかえて店から出ていった。

そのあと一時間ほど、店にお客はなかった。主人は品物の並べかえなどをしたあと、つぶやいた。

「きょうはそろそろ、店じまいとするかな……」

彼は電話の番号ボタンを押す。呼び出し音が終り、受話器の奥で「どうぞ」という声を聞くと、そばのボタンを押す。レジスターが軽い金属音をたて、きょうの売上を記録した伝票テープをまわしはじめた。

「これで経理センターにあるわたしのファイルに、営業の記録が整理される。むかしにくらべ便利になったものだ。品物の補充も自動的に注文してくれるし、しかも、まちがいがない……」

伝票テープは動きをとめ、それと同時に電話は自動的に切れた。主人はボタンを押しなおした。こんどは組合協会の本部につながる。最近の流行の変化についての情報を知りたいと思ったのだ。それへの番号を押すと、テープが男の声を送ってきた。

〈このところ、東アフリカ、アラブなどの品の動きがいいようです。店の飾りつけは、それらに重点をおおきになるといいでしょう。照明は少し黄色みをおびたものになさると一段と効果があります……〉

主人はうなずいていたが、電話を切り、手で腹のあたりを押えながらひとりごとを言った。

「品物の並べかえはあすにでもしよう。なんだか腹ぐあいが変で、気分がすぐれない。ひとつ診察をしてもらうかな」

また、電話機のボタンに指をあて、べつな番号を押した。応答がある。女の声だ。

「はい、第六地区病院でございます。医療保険番号をどうぞ……」

主人はそれを告げてから言った。

「じつは、腹のぐあいが悪いのです」

「それはいけませんね。では、お答え下さい。いつからです……。きのうからの食事をおっしゃって下さい……。痛みは……。便通のぐあいは……。はい、熱と脈とをはからせていただきます」

主人は電話台の横のいくつものボタンのうちのひとつを押し、台から診察器を出し、自分のからだに当てた。電子的な装置で体温がはかられ、脈も測定され、それは病院へと送信された。

ボタンを押しなおすと、通話はもとにもどった。女の声が指示を読む。

「コンピューターによる診断の結果を申しあげます。たいした症状ではなく、ご心配なさることはございません。ただの消化不良でございましょう。食後には消化剤をお飲み下さい。もし、一週間たって、それでも異常がつづくようでしたら、病院までおいで下さい。くわしい診察をいたします……」

「ありがとう。いちおう安心したよ」

主人は電話を切った。彼の表情ははれやかなものになった。元気づいた動作で立ちあがり、金庫をあけ、きょうの売上をしまいにかかった。

その時、電話のベルが鳴った。彼は金庫の扉を手早くしめ、受話器をとる。

「はい、こちらはメロン・マンション一階の民芸品の店でございます」

しかし、電話の相手はしばらく声を出さなかった。まちがいかなと思いながら、主人が「もしもし」と二度くりかえすと、やっと言った。

「お知らせする。まもなく、そちらの店に強盗が入る……」

低い男の声。主人はあわてて聞きかえす。

「なんですって。つまらない冗談はやめて下さい。いったい、あなたはどなたです。なんでそんなことを……」

だが、相手はもはやなにも言わなかった。やがて、電話はむこうから切れた。それで終わりだった。主人は受話器をおき、ちょっと不快そうな声を出す。

「いまのはなんだ。われわれの知らぬ間にも科学は飛躍しつづけている。しかしね、いくら進んだからといって、そんな犯罪の予報までできるわけがない。悪ふざけだ。酔っぱらいか、テレビに熱をあげすぎたどこかの子供の……」

彼は首を振った。忘れてしまおうとしたのだ。しかし、首を傾けたままの姿勢で、そのまま動きをとめた。いまの自分の言葉で気がついたのだ。

あれは酒に酔った声ではなかった。子供っぽい声でもなかった。また、よく思いかえしてみると、他人を驚かしてひそかに楽しむ、病的な性格の感じられる声でもなかった。でたらめでない、なにか裏付けのあるような口調だったのだ。

だが、それにしてもなぜここへ。まちがいかもしれない。しかし、この仮定も、すぐに崩れた。こっちが民芸品の店とはっきり告げたあとで、相手が言ったのだから。

店の主人は腕を組んだ。どうしたものだろう。このことを警察へ連絡しておこうか。彼は電話機へ手をのばしかけたが、六十歳という年齢にふさわしい分別のある動作で、それをやめた。とても信じてもらえそうにない。話したところで笑われるのがおちだ。返事の文句さえ想像できる。犯罪の予測が正確にできるようになれば、警察などいらなくなるでしょう、と言われるにきまっている。ひとさわがせなと、怒られるかもしれない。

彼は残念がった。すぐ録音用のボタンを押し、いまの声を記録しておけばよかった。それならうそでない証拠になる。それをもとに、警察は相手を割り出してくれるかもしれなかったのだ。しかし、いまさら後悔しても手おくれだった。

「まあ、仕方ない。こんな妙な日は、すぐ店をしめて帰ったほうがいいのだろう。そして、食事をしながら少し酒を飲み、ゆっくり眠るとしよう」

彼はショーウインドウの内側のボタンを押した。かすかな金属の音をたてながら、そとのシャッターがおりてくる。また、壁のスイッチを押すと、それにつれて店の照明が消えていった。はなやかな南国の品物たちは、薄暗さのなかに沈んでいった。

その時、店の入口のガラスのドアが開いた。つめたいそとの空気が少し流れこみ、だれかが入ってきた。主人はそのけはいを感じながら、小さなランプひとつの暗さのなかで言う。

「いらっしゃいませ。しかし、きょうはもう店じまいでございます。できましたら、あしたおいでいただければと思います」

「いや、買物に来たのではないんだ……」

と、入ってきた人物が言う。主人は聞きかえした。

「で、どんなご用でしょう。ご注文でしたらうけたまわっておきます」

「そんなことではない。そこの金庫をあけて、なかのものを渡してもらおう。さあ、早くしろ。ぼくはナイフを持っている……」

主人は目をこらして相手を見た。暗くてよくはわからなかったが、青年のように思えた。声や言葉つきからみて、どうやら単純そうな性格のようだった。長いあいだ商売をやっていると、それくらいの見当はつく。

侵入者の青年の手のものは、ちょっと光った。それは動いて、にぶい音をたてた。ポルトガル製の燭台《しょくだい》にナイフがぶつかったのだろう。

「わたしは若くないのです。乱暴はおやめ下さい。しかし、きょうは小切手やカードのお客さまが多く、金庫にはあまり現金がございません……」

答えながら、店主はふるえた。興奮のため頭に血が集ってきた。興奮のつぎには恐怖がおそってきた。血の気の急速に失われてゆくのが自分にもわかった。明るかったら、青ざめているのが相手にも見えるだろう。

いま、刃物を持った強盗に直面しているのだ。それを意識すると、さっきの電話のことが記憶によみがえってきた。あれは本当だったのだ。しかし、なぜこんなことが……。

「ぐずぐずしないで、早く金庫をあけろ。なかには、お客の注文でとりよせた高価な古い貨幣があるはずだ。メキシコの金貨、ギリシャの銀貨などだ……」

青年に言われ、店の主人は足がよろめいた。そのとおりだったのだ。だが、この相手はどうしてそれを知っているのだろう。考えようとしても頭は働かなかった。かりに働いたとしても同じことだったろう。しかし、主人はなんとか時間をかせごうとした。

「こう暗くては、金庫のダイヤルをあわせることができません。スイッチを入れてあかりをつけます……」

歩きかけようとする前を、青年がさえぎった。

「ぼくが懐中電灯で照らしてやる。おっと、電話機には近よらないで。警察への非常ボタンを押そうとすると、こっちもナイフを振りまわさなければならなくなる」

計画は見やぶられてしまった。電話機の横の赤いボタンを押すと、それだけでパトロールカーが来てくれるのだが、それは相手も知っていた。懐中電灯のあかりが金庫の上にひろがった。

主人はあきらめ、金庫のダイヤルに手をかけた。もはや助けを求める手段は残されていない。さっき警察へ電話しておけばよかったのだが。それでも、彼はできるだけ動作をゆっくりやるようつとめた。そうしてみたところで、なんの役にもたたないにきまってはいるのだが……。

絶望的な気分のなかで、主人は音を耳にした。店のそとで自動車のとまる音。つめたい舗道の上を急ぎ足で歩く数名の靴の音。それは近づいてきて、ドアが開き、声となってあたりにひびいた。

「警察だ。おい、そのナイフを捨てろ。逃げられはしないぞ。拳銃《けんじゅう》がねらっている。抵抗したら発砲する」

青年は悲鳴のような声をあげ、ナイフをはなした。べつの手からは懐中電灯が落ち、床にころがった。主人は事態の好転したことを知り、ほっとして壁に歩みより、スイッチを入れた。店のなかに明るさがもどる。

青年の顔がはっきりした。十八歳ぐらいだろうか。鋭さのたりない表情。警官たちはそれでも注意しながら近づき、手錠をかけた。それから店の主人にむかってたずねた。

「なにか被害がありましたか」

「いいえ、金庫をあける前でしたので、まだなにも渡しておりません。商品もこわされていないようです。おかげで助かりました」

主人は答えながら想像した。きっと、店の前を通りがかった人がのぞきこみ、すぐ急報してくれたのだろうと。

警官はナイフと懐中電灯とを証拠物件として拾いあげ、青年を軽くこづきながら強く言った。

「おい、なんでこんなことをたくらんだ。自分で計画したことか。そとには人影がなかったようだが、仲間はいるのか。どうなんだ」

共犯がいるのなら、すぐ手配をしなければならない。だが、青年はおどおどした口調で答えた。

「計画したなんて、ぼく、そんなことまでは……」

「出来心と言いたいのだろう。つかまると、みな同じことを口にする。では、署へ行ってくわしく聞こう」

店の主人が口をはさんだ。

「この男、注文でとりよせた古い貨幣が金庫にあることを、知っていました。どこから聞きこんだのか、問いただしてくれませんか。気になります。こっちもすぐ対策を考えなければなりません」

警官はうなずき、青年の肩をゆすった。

「さあ、答えてみろ。なんで知ったのだ」

「お答えはしますが、信じていただけないんじゃないかと……」

「それはこっちで判断することだ。言ってみろ」

「じつは、一時間ほど前に、ぼくのところへ電話があったのです。メロン・マンションの一階の民芸品の店へ押し入れと。金庫には高価な貨幣がある。店は老人ひとり、おとなしい性質だから、おどかせば奪うのは簡単だ。閉店になる前にやれと……」

「だれからの指示だ。おまえたち一味の指揮者はだれなのだ」

「だれだか知りませんよ。指揮者なんていません。だいいち一味だなんて、ぼくはいままで、盗みなんかしたことはありません。記録を調べていただければはっきりします。強盗だなんて、考えたこともない」

青年はむきになって言った。内容の信用されないことを自分でも予期しているからだろう。いかにも単純そうな性格で、頭もそうよくはないらしい。だが、動機だけはさっぱりわからず、異様だった。警官は笑いもせず質問を重ねた。

「考えもしなかったことを、なぜやる気になったのだ。指示したのはだれなんだ」

「困ったな。それがわからないんですよ。声にも聞きおぼえがない。低い男の声。しっかりした感じ。信頼させるような力がこもっていましたよ。それで、なんだか言うことをきかなければいけないような気になってしまって、ついふらふらと……」

警官たちは少し笑った。

「暗示にかかりやすい性質なんだな」

「ええ、いつだったか病院へ行った時も、そんなことを言われました。ぼく、これからどうなるんです」

「それは取り調べた上できめることだ。さあ、署まで行こう」

青年を連行し立ち去りかける警官に、店の主人はもうひとつ思い出して、呼びとめて聞いた。

「あの、これも教えて下さい。ここが襲われていることを通報してくれたかたはどなたでしょうか。あとでお礼にうかがいたいと思います。おかげで助かったのですから。しかし、それにしてもずいぶん早く来てくださいましたね」

「いや、それがどうも変なことでね。われわれにもよくわからないのです。まさか、こんなこととはね……」

警官は口ごもり、主人は言った。

「どういうことなのでございましょう」

「通報は通報なのだが、こんな例ははじめてだ。じつは、しばらく前に署に電話があったのだ。この店にあとで強盗が入るとね。しかし、この種の情報はあまり的中することはない。当り前のことだがね……」

「そうでしょうな」

「しかし、その声は録音されたので、いちおうコンピューターにかけた。いたずらの前歴のある者のしわざかどうかをたしかめるためだ。また、犯罪の前科のある者かどうかも……」

「該当者はありましたか」

と主人は身を乗りだした。警官は首を振る。

「なかった。それに、なにか説得力のある口調だった。そこで念のためにと、パトロールに同行してやってきたというわけだ。入ってみると、その通りだった」

「だれなんでしょう」

「この青年をもっと調べればわかるかもしれない。妙な一致点がある。なにかが判明したら、いずれ連絡します」

警官たちは軽く敬礼をし、青年を連れて出ていった。店の主人はやっと緊張から解放され、椅子に腰をおろした。それから、棚からブランデーのびんをおろし、少しだけ飲んだ。疲れを消さなければならない。

　酔いは血行をよくし、落ち着きをもたらしてくれた。思考もよみがえってきた。店の主人は今の事件のことを頭のなかでくりかえしながら、まとまりをつけようと努力した。

「ふしぎでならぬな。どういうことなのだろう。青年をそそのかした者と、警察へ通報した者とは、同一なのだろうか。もしかしたら、あの青年をおとしいれようという、だれかの陰謀だったのかもしれない」

　目をとじて、さっきの青年の顔を思い出す。だが、そんなことまでしてやっつけるほどの価値のある人物ではなさそうだ。あんなのに脅威を感じるやつがあるとは、考えられない。

「やはり、陰謀という仮定もおかしい。おとしいれるのだったら、なにもここまで予告するわけがない。不必要なことではないか……」

　想像はすぐ壁につきあたってしまう。犯人と警察と被害者に、あらかじめ同じころに電話をするなど、考えられぬことではないか。

　主人は迷った。ここへも電話のあったことを、警察に話すべきだったのかどうかと。さっきは安心感で呆然《ぼうぜん》とし、言う機会を失ってしまった。これからでも申し出ようか。しかし、青年と警官との話から思いついて、作りあげたことと受け取られるかもしれない。ばかにするな、混乱するのを手伝いたいのかと怒られたりしてはつまらない。やっかいなことを敬遠したいのは、年齢による気力のおとろえかもしれなかった。

それにしても、どういう意味なのだろう。なにが目的だったのだろう。彼はグラスを傾け、飲みながら考えた。意図のつかめない現象は不安なものだ。

「なにかが起ったのだ」

主人は内心を口にした。それ以外に表現のしようがなかったのだ。それを結論とし、彼は酒をしまい、オーバーを着て、帰りじたくにかかった。

その時、また電話が鳴りはじめた。

彼は身ぶるいした。また、あのえたいのしれぬ声が話しかけてくるのではないかという気がしたのだ。ベルは鳴りつづける。いや、きっと警察からの連絡だろう。なにか聞き忘れたことがあったにちがいない。むりにそう自分にいいきかせ、主人は電話をとった。なぞの声でも、警察からでもなかった。

「もしもし、伯父《おじ》さん……」

聞きなれた甥《おい》の声だったので、彼はほっとした。甥はまだ独身で二十五歳、明朗な性質の主だ。時にはその明朗の度がすぎて、軽薄な段階までふみはずしてしまうこともある。しかし、電話のむこうの声は、いつもとちがってなにか真剣だった。悩みを訴えたがっているような印象を受ける。主人は言った。

「どうしたんだ、なにか変だよ。しかもこんな時間に。ガールフレンドにでもふられたので、気分がおさまらないとでもいうのかい」

「ええ、早くいえばそうなんですけど、それだけじゃないんです。わけがわからなくなってきました」

「ひとりでさわいだって、相談に乗りようがないよ。なにがあったんだね」

「聞いて下さい、こうなんですよ。すてきな女性と知りあったんです。背がすらりとしていて、目が大きく、なかなか魅力的。どうして知りあったかと言いますとね……」

「そんなことはどうでもいいよ」

と主人はさきをうながした。

「きのうの午後にデイトの約束をしたんですけど、待ちぼうけをくわされちゃったんです。彼女、べつな男と遊んでいたことが、あとでわかったんですよ。ぼくは腹が立ってしようがない。昨夜ねむれなかったし、なにか仕返しをしてやろうと夜どおし考えた」

「なにをたくらんだのだ」

「その女の家に電話をかける。ぼくはブタの鳴き声の録音テープを持っている。相手が出たら、電話口でそれをまわすんです。そして、すぐに切ってやろうという計画ですよ」

店の主人は笑いながらもたしなめた。

「それは驚くだろうな。しかし、少し度がすぎるいたずらじゃないかね。おまえにはそういうところがあるぞ。すぐ分別をなくしてしまう。約束をすっぽかす女もよくないが、自分がそんなことをやられる場合も考えてみろ。で、それをやったのか」

「ええ、そうなんです。だけど、話はその先のことなんですよ。その電話をすませてから、さあ、十分ぐらいあとのことでしょうか、こっちは相手のびっくりしたところを想像してひとりで笑ってたんですが、そのとき電話がかかってきたんです。出てみると……」

そこで甥の声はちょっととぎれた。つばをのみこんでいるらしかった。

「なんだったのだ」

「聞いたこともない声の相手が、こう言うんです。おまえはいま、無責任な行為で他人を驚かしたな、よくないことだ、いい気になるなよ。これだけ言って終りです」

「そんなことがあるのかな」

「ありえないことでしょう。どうしてわかったんでしょう。こっちはぜんぜん声を出さないで、すぐ切ってしまったのに。逆探知をされるひまもなかったはずですよ。しかし、こんな気持ちの悪いことはありません。だれかに盗聴されてたんでしょうか。しかし、それは法的に禁止されているし、ぼくに目をつけて盗聴するなんてありえない。なにか目に見えぬ存在に監視されているような気分なんです」

「どんな声だった」

と主人は思いついて聞いた。

「男の低い声でしたよ。力をたくわえているような、見とおしているような口調。どんな性格かつかみにくいような口調。おまえの弱味をにぎったぞと宣告されちゃったような感じです。もっとも、これは驚いて気をまわしすぎているせいかもしれませんがね。しかし、不安ですよ。それで、伯父さんに電話をかけたんです」

「まあ、そうくよくよすることはないさ。ブタの声でびっくりさせただけで、悪質な犯罪をやったわけじゃないんだろう」

と主人ははげました。なぞの声はこっちで知りたいくらいだと言いたかったが、いま甥の不安をかりたてては気の毒だ。

「しかしねえ、かけたのがぼくだと、彼女につげ口されては困るんですよ。そんなことになったら、ぼくの評判が落ちる。気が沈みます。どうしたらいいでしょう」

「わたしにもわからないよ。しかし、気にしないことだね。そのうち、こっちへも寄らないかい。それまでにはいい知恵も浮かぶかもしれない」

「考えといて下さいよ。じゃあ……」

甥からの電話は終った。店の主人は、また考えこんだ。甥を心配させまいという老人の心理から、強盗事件のことは言わないでおいた。しかし、こっちにとってはなぞが深まったのだ。低い男の声、目的のわからない内容という点で、共通しているようではないか。

「なにかが起りはじめているのにちがいない」

彼は自分に言いきかせた。この店だけではなかったのだ。この店への予告電話を、偶然と片づけることはできる。甥の件も偶然と片づけることはできる。しかし、こう重なると偶然とはいえなくなる。となると、もっと広い範囲にかけて、なにかが起りはじめているといえよう。そう考えたほうがいい。

それから先は頭が働かなかった。主人は店の照明を消し、ドアからそとへ出た。入口のシャッターをおろし鍵《かぎ》をかける。

雪がふりはじめていた。つめたい風が、踊りながら彼をとりまいた。オーバーを通し、寒さを肌へ押しつけようとしている。しかし、そうなる前に彼は帰宅できる。住居は歩いて八分ほどのブドウ・マンションのなかにあるのだ。

彼は歩きながら、寒さのためでなく、ぞっとしたものを感じた。空気のなかに、理解を超えたものがひそんでいるような気がしたからだ。

2

おしゃべり

静かな広い室内。壁が厚く、となりの住居から音が入ってくることはない。いうまでもなく、こちらの物音も、となりにはまったく伝わらない。プライバシーをまもる防壁なのだ。

床には厚いじゅうたんが敷きつめてあり、どんな音も吸収してしまう。北欧調の、洗練と簡素の調和した家具がならび、清浄装置をくぐってきた適温の空気が、ゆるやかに流れつづけている。

二十七歳の女性がシャワー室から出てきた。ミエという名。つややかな肌からわく汗をバスタオルでぬぐいながら、はだかのまま化粧台の前にすわる。だれもいない気やすさで、彼女はかおりのいい液を使い、化粧をたのしむ。

ドアから不意の来客が入ってきたらどうするか。そんな心配はない。鍵《かぎ》がかかっているし、ドアにはインターフォンとテレビカメラがとりつけてあり、ドアをあけることなく用件をすますことができる。親しい友人だったら、待っていてもらって、そのあいだに着がえればいい。

ミエは窓ぎわに立ち、そとを眺めながら服を着ていった。よそのビルからのぞかれる心配もない。窓は特殊ガラスであり、内側からそとを眺めることはできるが、そとからだと薄く曇ったようになり、内部のようすをうかがうことができない。窓もまたプライバシーをまもってくれているのだ。

ここはメロン・マンションの二階。そとは二月。晴れた日の午後で日光が降りそそいではいるが、大地のつめたさを追い払う力を持つに至っていない。窓からは第六住宅地区の中央にある広場を、よく眺めることができる。草花は冬枯れで、まだ生気をあらわしていない。日が長くなったとはいえ、植物たちを目ざめさせる強さには達していないのだ。建物のかげには雪が残っている。

ミエの夫は広告エージェントを経営し、景気は悪くなかった。だから彼女も、このように部屋を美しく飾ることができた。だが、夫は出張がち。三日ほど前から外国へ一週間の予定で仕事に出かけている。まだ子供のない彼女は、時間をもてあましながら午後をすごさねばならぬ日々が多かった。

彼女はキッチンに行き、壁のボタンを押した。機械がめざめて動き、十秒ほど振動音をひびかせて止まった。グラスにそそがれたカクテルがそっと出てきた。そのための装置なのだ。手にこころよい冷たさを感じながら、彼女は椅子に戻り、画面のスイッチを入れた。

ハワイアン音楽をやっている。録画なのだろうか、ハワイからの中継なのだろうか。そんなことを考えながら、熱帯の花のかおりのような甘いメロディーに耳を傾け、青いカクテルを口に入れた。

「ほかに、なにかやってないのかしら……」

チャンネルを切り換える。フットボールの中継、軽いドラマ、時事解説、プラスチックを材料とする手芸。その他さほど興味をひく番組もなかった。彼女はスイッチを切る。

平穏と倦怠《けんたい》の空気がまわりに押しよせ、彼女はなにかをやってそれを振り払わなければならなかった。ミエは椅子についているリモート・スイッチを押した。

部屋のすみにある、電話機をのせた車つきの台が、そばへやってきて止まった。じゅうたんの下の磁気レールをたどってやってきたのだ。彼女はダイヤルをまわし、待った。番号ボタンを押す型式のより、彼女はダイヤルをまわす旧式のほうが好きだった。ムードがあるし、まわす感触も楽しいし、なにも能率第一にする必要がないからだった。呼び出し音がやみ、ミエは言った。

「アユコさん、あたしよ……」

友人を相手に電話のおしゃべりをして、時間をすごそうというのだ。相手は言う。

「ちょっと待ってね。長椅子のそばのに切り換えるから……」

長いおしゃべりがはじまった。天候のぐあいから、きのうの買い物。それを買おうときめるまで、どれだけ迷ったか。やっと決心して買ったものの、なんだか後悔が残っているといったことなど……。

たあいない、意味のない行為だ。だが、彼女はこれが好きなのだ。好きというより、精神がそうするよう求めているといったほうがいいかもしれない。生理現象なのだ。

むかしにくらべ、マスコミは大きく発達した。新聞はページ数がふえ、雑誌は種類がふえ、テレビはチャンネルがふえた。コマーシャルは機会があるたびに顔を出し、商品の名と長所をのべたて、解説をやる。情報の流れが激しい水圧をもって、個人にそそがれる。

目から耳から注入される一方なのだ。しかし、それはどこへ流れ出てゆけばいいのだろう。出口がないと、それは頭のなかにたまり、渦を巻いて押しあい、変調をもたらす。排出口が必要なのだ。彼女の場合、それが友人との電話だった。情報の送り手の立場に身をおくことによって、アンバランスになることをいくらかなおせるのだ。

ミエは言う。

「それからね、きのう広場をちょっと散歩したんだけど、霜柱がひどいのよ。靴がよごれちゃったわ。あんまりしゃくだから、管理係に電話で文句を言ったんだけど、冬ですから仕方ありませんだって。ひどいでしょ……」

「ええ、ほんとにひどいわね……」

アユコはあいづちを打つ。しかし、心から同情して、いっしょに腹を立てているのではない。ただ反射的に応じているだけのことなのだ。第一、おたがいに相手の話す内容など、べつに身を入れて聞いてはいない。

自分の話す番を待つあいだの、やむをえない空白。少しいらいらする。神は人間に一枚の舌と二つの耳を与えた、ゆえに話すことの二倍は聞かねばならぬ。紀元前のギリシャの哲人の言葉だ。だが、マスコミ時代には二対一の比率などめちゃめちゃになった。耳に入ることの十分の一も話せない。そのためのいらいらなのだ。

電話のむこうでアユコが言った。

「ねえ、クミコについてのうわさを聞いたでしょ。すごい発展のようよ。年下の若い男に熱をあげてしまって、ご主人にないしょでつきあってるんですって……」

「あら、知らなかったわ。ほんとなの、それ。もっとくわしく話してよ」

ミエの声にははずみがついた。こういう話題になると、急に活気をおびてくる。この種の情報だけは、いかに巨大に成長したとはいえマスコミも与えてくれない。有名人のゴシップなら、新聞雑誌などで知ることができる。だが、それはこちらの胸をときめかせてはくれない。その瞬間に公知の事実になり、もはや秘密という背徳めいた刺激の力を失っているからだ。

サロンにおける最も楽しい話題として、恋愛とスキャンダルに及ぶものはない。これは時を越えた真理。双方でよく知っている第三者についての、うわさ話の楽しさ。能率化した情報産業も、ここまでは入れない。人間性にみちた豪華な快楽。

「その青年ってのがね、あまりたちがよくないらしいって話なのよ……」

「だったら、忠告してあげたら。どうにもならない破局に進んでゆくのを、だまって見てるってのも……」

「でもねえ、そんなことどこから聞いたと言われても困るしね。それに、本人が本気で熱をあげてるのに、水をさすというのもねえ……」

「そうよ、へたに口を出したりすると、こっちがうらまれるのがおちよ……」

会話の文句は深刻だが、二人の口調は明るく笑いにみちていた。有益で安全な情報が世にあふれている状態、こうなるとそれらは価値を失い、秘密で無益で不健全な情報のほうが相対的に価値を高めている。

嫉妬《しっと》、羨望《せんぼう》、ひがみ、中傷、同情、憐憫《れんびん》、残酷などの、原始的な感覚をよびさましてくれるのだ。人間がどうしようもなく持てあましているもの、それを発散させてくれる。二人はそれを語りあい、説明し、裏がえしにし、刻みなおし、さんざんおもちゃにし、心ゆくまで味わうのだった。

電話のむこうで、アユコが、ふとなにかにおびえたような声をあげた。

「へんねえ、だれかに盗み聞きされているような気がするわ」

「まあ、そんなこと、あるはずがないじゃないの。あなたって、神経質ねえ、だれかが部屋のなかにひそんでるっていうの」

「よくはわからないけど、そんな感じがしただけよ。なぜかしら」

「気のせいよ。ひとのうわさ話をながながやるっていうのは、いいことじゃないわね。そのうしろめたさのせいよ」

「そうかもしれないわね。でも、面白いわ。なぜ、こう夢中になっちゃうのかしら……」

またひとしきり陽気な笑い声があがるのだった。やがて、アユコのほうに来客があったらしく、長い電話は終った。

ミエは長椅子にねそべった。しかし、まだ完全にはればれしていない気分だ。話したりない思いだった。

彼女は思いつき、ダイヤルをまわした。

「もしもし、お願いしたいの……」

かけた先は身上相談センターの電話サービス部だ。相手は言った。

「はい。では、まず、基本料金の払い込みをお願いいたします」

ミエは電話機のそばのボタンを押し、ダイヤルをいくつかまわした。銀行の口座から、そのぶんだけ振り込みがなされたのだ。相手は確認し、担当の人につないでくれた。中年の男の声になる。

「どんなご相談でございましょう。ご遠慮なくお話しになって下さい……」

「あたし、生活に不足はないんですけど、主人が出張ばかりして退屈なの。それで、ひまを持てあまし、一週間前にひとりでシャトー・クラブに遊びに行ったの。郊外の森のなかにある、ルーレットのできるレストランよ。そこで感じのいい男性と知りあい……」

ミエはしゃべった。この相談は料金先払いであり、こちらの名は言わなくていいのだ。それに電話サービス部の回線は、逆探知できないことになっている。そのうえ、担当の者は職業上知りえた秘密を口外しないよう禁止されている。口外したら評判が落ち、たちまち閉鎖になるだろう。

「それはそれは……」

相手は驚いたような、批難するような声をはさんだ。それにうながされるかのように、ミエはうれしげに話しつづけた。

「それからね、夜の森林公園を散歩しましょうとさそわれて……」

さっきのアユコとの電話では、第三者の秘密を話題にした。それはそれで楽しいことなのだが、自己の秘密について語るのは、もっと強い興奮なのだ。ひとりごとでなく、聞いてくれる人間が現実に存在している。そして、口外されないとの保証もある。キリスト教における懺悔《ざんげ》室《しつ》のようなもの。いや、むかしの酒席における幇間《ほうかん》といったほうがいいかもしれない。それを相手にならどんな自慢もできる。自慢話はいかにしゃべりたくても、友人にむかってはできないものだ。へたにやれば軽蔑《けいべつ》される。それが自由にやれるのだ。料金を払っただけの価値は充分にある。内容はさほどでもないのだが、ミエは大変なことをしてしまったかのように、告白に熱中した。

「そういうことをなさってはいけません。良識をお持ちなのですから、今後あまり無茶はなさらないほうが……」

担当者はあたりさわりのないことを言った。それ以外に言いようがないし、それでいいのだ。聞くほうは、たしなめられることがうれしいのだし、そんなことで内部のもやもやが燃焼してしまう。もっとも、相談の電話のなかには経済や法律の具体的な助言を求める者もある。それにはさらに料金を要するわけだが、利用率はごく低い。

電話を終ったミエは、またカクテルを持ってきた。頭のしこりが取れ、そのあとに酔いがこころよくまわってゆく。雑念もわいてこず、芯《しん》からくつろいだ気分。

彼女はダイヤルをまわし、音楽の曲名を告げて、電話機の横のボタンのひとつを押した。壁のスピーカーから音が流れ出る。電話線利用のジューク・ボックスだ。料金は取られるが、何千種ものなかから好みの曲を聞くことができる。

ミエは聞きほれ、メロディーのなかで時のたつのを忘れた。そのうち、音楽が中断し、電話のベルが鳴りはじめた。よそからかかってくると、それが優先し、自動的に切り換わる。電話局のコンピューターの作用だ。

「だれからかしら……」

彼女はものうげに受話器をとり、耳に当てる。聞きなれない男の声が言った。

「あなたは一週間前に、シャトー・クラブに行き、ご主人にかくれて男性とつきあった……」

単調な声であるため、内容の重大さがかえってひきたった。ミエは飛びあがりそうになって口走った。

「え、なんでそんなことを。どこから聞いたの。あなた、だれなの……」

「…………」

つぶやきのような、よく聞きとれない音がして、そこで電話は切れた。いかに問いかけても返答はなかった。彼女の顔は青ざめ、うつろな目つきになった。自分を取り戻した時には、新しく作ったカクテルを、知らないまに飲みほしていた。

驚きが去ると、怒りがこみあげてきた。だれなのかしら、あんな失礼なことを言うなんて。最初に疑いをむけたのは、身上相談センターだった。ほかの人には打ちあけたことのない事柄だ。許せないことだわ。強く抗議をしなければ。ミエはダイヤルをまわした。

「さっきお電話した者ですけど、内容をよそにもらすなんて、あまりにもひどいじゃありませんか……」

さっき相手をしてくれた担当の男の声が答えた。

「とんでもございません。お客さまのお話をよそにもらすなんて、ありえないことでございます。法律で禁止されていることですし、そんなことをしたら信用がめちゃめちゃ、今後、ご利用いただけなくなってしまいます……」

「だって、いま変な電話があって、あたしの秘密を話しかけてきたのよ」

「しかし、そちらさまのお名前もうかがっておりませんし、当方からの逆探知もできないしくみになっております。また、電話局と当方との回線は特殊なもので、絶対に盗聴されないようすべてを機械が処理し、混線も決して発生しないものです。点検は毎日おこなっております。そうでなかったら、営業の認可が取り消しになってしまいます。微妙きわまる人間性サービス業ですから、当然のことでございましょう」

「でも……」

「もしご不審でしたら、おいで下さればそのしくみをごらんに入れ、なっとくなさるまでご説明いたします。担当者であるわたくし個人の口からもれることもございません。利用者の信頼を裏切りますと、くびになるばかりか、十名の保証人に迷惑がおよびます。それに、高給をいただける職を失う気もございません。夢でもごらんになられたのではございませんか……」

確信にみちた口調に、彼女は圧倒され、それ以上の反論はできなかった。

「そうかもしれないわね」

「申しあげにくいことでございますが、当方の信用にさしさわりのあることは、よそであまりお話しにならぬようお願いいたします」

「気にさわったらごめんなさい……」

論理的に説明され、ミエは勢いこんだ言葉をひっこめてしまった。たしかにそのとおりだ。かりにもし悪用するとしたら、あたしなんかじゃなく、もっと大物をねらうはずだわ。

そうなると、さっきの声の主はだれなのかしら。だれかがあたしを尾行し、行動を調べ、けちな恐喝でもたくらんだのかしら。しかし、それだったらすぐ金の話をするはずなのに。そんな感じは少しもなかった。そのため、かえって不安をかりたてる。

だれだろう、だれだろう。考えているうちに、ミエはふと黒い疑惑につつまれた。まさかと思うが、それだけに心にひっかかる。夫じゃないかと想像したのだ。出張したということにして、あたしを監視していたのかもしれない。そして、じわじわといじめ、おどしにかかっているのかもしれない。室内の空気が急にひえはじめたような気がした。

彼女は身ぶるいした。かつて小説で読んだスリラーを思い出した。筋はよく覚えていないが、恐怖の印象だけは残っている。ミエは少し反省する。あまり軽率なことはすべきでなかった。これからはつつしもうと。

しかし、いくらなんでも、こんなことをされるほどの落度はあたしにはない。また、夫がこんな手間のかかることをたくらむだろうか。ミエには信じられなかった。日ごろ、そのようなそぶりは少しもない。強くやきもちをやく性格なら、長い出張にはあたしを連れて行くはずだ。

おとといは国際電話で話もした。手のこんだ細工のできる人ではない。また、留守中に探偵社に依頼してやらせるような人でもない。そういう金の使い方はしない人なのだ。結婚して以来の生活で、そういうことは彼女にわかっていた。だからこそ、ミエも心では夫を愛しているのだ。

となると、だれなのだろう。問題は出発点に戻ってしまった。まるで見当がつかない。相談センターの人に指摘されたように、夢か幻覚だったのだろうか。

そういえば、さっきの声は性格がはっきりしていなかった。はっきりしないというより、性格がないようにも思えた。普通だと声を聞くといちおう顔つきが想像できるものだが、さっきの声は顔つきも、年齢も性格も心に描けなかった。描く手がかりを欠いていた。夢のような声。

「幻聴だったのかもしれないわね。ただの幻聴か、それとも……」

彼女は口ごもった。アルコール中毒か、精神休養剤の飲みすぎのせいかなと、ちょっと不安になったのだ。そう思いつくと、心配はしだいに大きくなる。

ミエはまたダイヤルをまわした。精神科医に相談しようと思ったのだ。電話はつながり、医療カードの番号を告げる。ちょうどすいていたのか、すぐ医師に話ができた。

「どうなさいました」

「自分でもよくわからないんですけど、幻聴があったようなの。薬品のせいか、アル中になったのかと心配で……」

「順序をたてて診察しましょう。まず脳波を調べましょう。そのご用意を……」

ミエは立ち、棚の医療箱から小型の脳波測定装置を出して頭につけ、一端を電話機の横のソケットにさしこんだ。そしてボタンを押す。これでむこうへ送られるのだ。それが終わると医師が言った。

「けっこうです。あとでくわしく検討しますが、コンピューターは異状なしとのランプをつけております。では、つぎに連想のテストをおこないます。室内を静かにし、椅子に横たわってくつろいだ気分になり、受話器を耳にして下さい。そして、お聞かせする音で頭に浮かんだことを、すぐお答えになって下さい」

「ええ……」

ごうごうという音が聞こえた。彼女は「ジェット機」と答える。規則的にくりかえされる拍子木のような音がした。「宗教」と答える。くにゃくにゃしたような音がする。「蛇《へび》」と答える。

「なぜ蛇を連想なさったのでしょう。蛇について頭に浮かぶことを、なんでもおっしゃって下さい」

「そうね。子供のころ、近所の男の子に蛇のオモチャで驚かされたことがあったわ。だけど、そうじゃなく、なんといったらいいかしら……」

医師に対する信頼感で、彼女はあれこれとしゃべった。かくしだては正確な診断のさまたげになる。相手にうながされ、言いにくいことにまでおよぶ。医師も職務上知りえたことは口外できないのだ。それへの安心感。

「受話器の感触と、蛇への印象とに共通なものをお感じになりませんか」

「さあ、そういえば……」

質問が送られ、答えが送りかえされ、それがくりかえされた。やがて医師は、たいしたことはなさそうですと言い、もし幻聴がまた起ったら、病院へおいで下さいと指示した。それから鎮静剤の名を教えた。

彼女はお礼を言い、電話を切る。戸棚をさがすとその薬があった。服用して横になっていると、ねむりがおとずれてくる……。

ミエは夢を見た。あまり楽しい夢ではなかった。どこともわからぬ夜の街の道を、急ぎ足で歩いている。目的地がどこなのか、なぜ急いでいるのかもわからない。しかし、急がねばならぬのだ。

やがて、その理由を知る。追われているのだ。ふりむくと、黒衣の人物がついてくる。ずきんのついた、すその長いマントのようなものを着ていて、足が見えず、男か女か、老人か若いのかもわからない。もうずいぶん逃げつづけているのだが、距離はひろがらない。黒い蛇に追われつづけているようだ。

建物の角を曲ろうとした時、だれかにぶつかる。「助けて」と飛びつき、よく見るとそれも黒いマントの人物。顔にも黒いずきん。恐怖と好奇心とで、そのずきんを引っぱってはがす。しかし、その下にも黒いずきん。その下にも……。

彼女は逃げ、近くの家の戸をたたく。ドアが開くが、そこに立っているのも、やはり黒いずきんとマントの人物。彼女はまた逃げる。道ばたに公衆電話をみつける。あれで助けを呼ぼう。そして、電話機の前に立った時、電話機が鳴り出した……。

その音でミエは目をさました。汗びっしょり。しかし、電話の音はつづいていた。

そばの電話機が鳴っているのだ。ねむけの残る頭で、受話器を手にする。

「もしもし、どなた……」

「蛇です」

「あら、さっきの先生ですの……」

彼女は言った。精神科医からの連絡かと思ったのだ。しかし、ちがうことに気づき、息をのむ。いっぺんに目がさめ、背中が寒くなる。あの幻聴かもしれぬ、だれともわからない声だったのだ。

「……これ、幻聴なのかしら……」

「ちがいます。幻聴のような気がしますか」

「そうは思えないわ。いったい、だれなの、なんの用なの、なにが目的なの……」

「あなたについてくわしく知っている者です。蛇について固定観念があるということもね。くわしく言えば……」

「よしてよ」

ミエは電話を切ってしまった。むしょうに腹立たしかったのだ。あたりを見まわす。部屋の厚い壁も、特殊ガラスの窓も、厳重なドアの装置も、なんの役にも立っていないことを知った。プライバシーという秘宝をまもる城壁ではなくなっているのだ。

かこいがなにもかも取り払われ、衣服をはがされ、心のなかの記憶までが白日のもとにさらされているようだ。このような部屋のなかにいるというのに。

彼女は判断した。これは悪質な犯罪にちがいない。目的はわからないが、おそるべき犯罪があたしをねらっているのだ。徹底的に究明してもらわなければならない。彼女は警察へ電話しようとした。

ダイヤルをまわす指に力がこもる。呼び出し音が少しおかしかった。だが、いきどおりで燃えているいまの彼女には、そんなことは気にならなかった。

「もしもし、警察でしょうか」

「ちがいます」

「あら、まちがえたのかしら」

「そうではありません。へんなことはなさらないよう、ご注意申しあげます」

彼女はすぐに気がつく。また、あの正体不明の声だ。警察へかけたはずなのに、どうしてわりこんできてしまったのだろう。

「なぜなの。さっきの人なのね。こんなことって許せないわ」

「お怒りのようですが、こちらは、あなたについてなんでも知っているのですよ。あなたが想像している以上に。ほかであなたについてどんなうわさがなされているかも……」

「どんなうわさなの……」

彼女は不安になる。友人と第三者についてのうわさを楽しんだことを思い出した。それが逆になったら、どんなに不快だろう。

「それは言えません。いずれ、おりをみてご主人にでも。あるいは、おとなりの住人のかたにでも……」

「あんまりだわ。ひどい。こんなたちの悪いことってあるかしら。お願い。そんなことやめてちょうだい」

「ご相談によってはね」

「あ、やっぱり恐喝なのね。なぜ、こんな目にあわなくちゃならないのかしら。それで、なにを要求なさるの。お金だって、そんなには自由にならないわ。それとも……」

「あなたにできることです」

「早くおっしゃってよ。あたし、気を失いそうだわ……」

彼女は泣き声をあげた。相手の声は言う。

「簡単なことですよ。こちらについて、これ以上のせんさくをなさらないことです。どこにも訴えない、よそでも話題にしない。その約束だけでいいのです。これならおできになるでしょう」

「ええ、だけど、なぜなの。あなた、だれなの……」

「そういうような好奇心を押えるという約束です。それが守られている限りは、べつにどうもいたしません。しかし、いいですか、もし約束を破ったら、すぐにわかります。うそだと思いますか」

「思わないわ……」

その点だけは信じないわけにはいかなかった。彼女は約束し、電話は終った。

長い時間、彼女はぼんやりしていた。現実とは思えないが、やはり現実なのだ。またカクテルを作って飲み、いくらかの元気はでた。だが、その元気をどこへむけようもない。

電話がかかってきた。習慣で受話器を取ったが、声を出す気にもならない。アユコからだった。こんなことを言っている。

「ねえ、うちのお客が帰ったの。おしゃべりをしましょうよ。おもしろいうわさを聞いたのよ」

「でも……」

ミエは気のりしない返事。

「どうしたの、元気のない声で……」

「ちょっと気分が悪いの。休みたいわ。また今度にしましょう」

「仕方ないわ。残念だけど……」

アユはあきらめる。ミエはもう他人のうわさに興じるどころではなかった。あの声の主が、どこにひそみ、どこで聞きつけるかわからないのだ。もののはずみで、そのことに口をすべらせたりしたら……。

彼女は窓のガラスが裏がえしになったように思った。だれかがこっちをのぞきこんでいるのに、こっちからはむこうが見えない。どんな相手なのか……。

秘密の権利。それがへんな存在に奪われてしまったのだ。こうなると、身上相談センターにも、精神科医にもむやみと話せなくなる。情報を排出する楽しみ、新陳代謝の生理機構のぐあいが狂いつつあるのだ。

もちろん、彼女はそれをはっきりと理解したわけではない。だが、生きる活気がどうかなるような、いやな予感をおぼえた。陽気さも消えた。あの声との約束。それがこちらのからだのまわりを包み、窒息させる。頭の内部でやがてはなにかの圧力が高まり、それが耐えきれないものになってゆくのでは……。

3

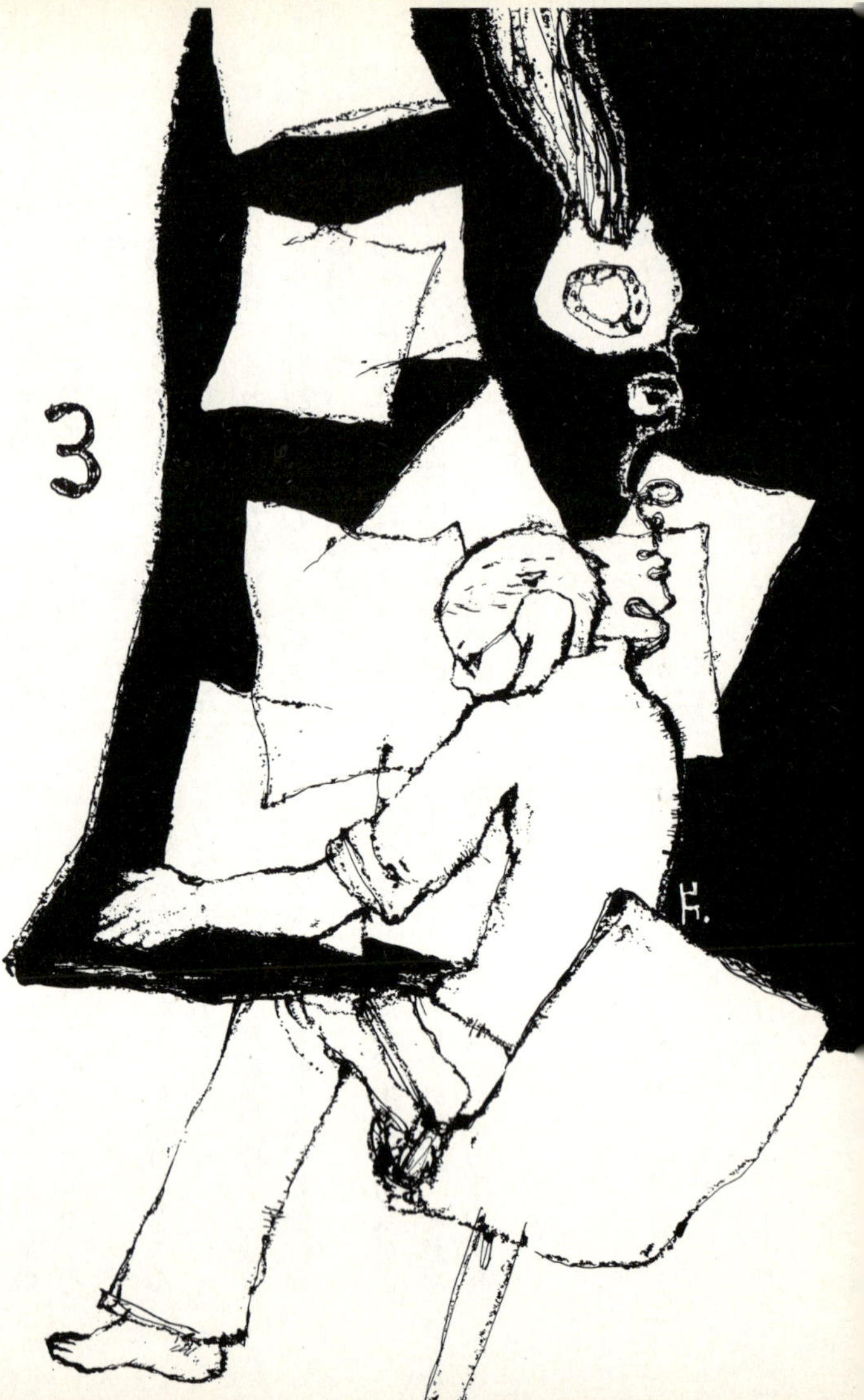

家庭

雨が降っていた。三月の雨。日曜の夕方の時間と空間のなかを、雨滴たちは地面へと急いでいた。少し前まであたりに残っていた冬のなごり、寒さとか乾燥とか、とげとげしさとか、人の動きをにぶくするなにかとか、そういうものをやわらかく消している。

「いかにも春らしい雨だなあ……」

三十五歳の男が長椅子にねそべり、パイプをくゆらせながら、窓のそとに目をやって言った。ここはメロン・マンションの三階にある一室。窓からは住宅地区の中央の広場を見わたすことができる。雨は地にしみこみ、草の根に春の訪れを告げているようだ。

「あなたらしくもない言葉ね……」

そばで彼の妻が言った。だが、からかいの口調ではなく、幸福感のリズムがこもっている。そばでは六歳になる坊やが、床にオモチャをひろげて遊んでいる。小さなネジで部品を組立て、クレーンを作ろうとしていた。雨では広場に行けないのだ。三月の雨は、部屋のなかにもなごやかな静かさをもたらす。

男はつぶやいた。

「まんべんなく整然と降るなあ。雨というやつ、雲のなかでどんなふうにしてできるのだろう。考えてみると、うまくできすぎている。われわれ、だまされているんじゃないだろうか。もやもやした雲のなかに、だれも知らぬしかけがひそんでいるとか……」

彼の名は洋二といった。職業は月刊誌のライター。どちらかといえば硬い傾向の雑誌で、彼は毎号ルポルタージュを書いていた。数人で資料を集め、それをまとめるのだ。〈朝の思考―通勤途中の頭〉というのが、四日ほど前に書きあげたものだ。多くの人は通勤途中でどんなことを考えているか、これを調査しコンピューターで分析し、ひとつの説をみちびき出したものだ。悪い出来ではないが、かといって満足感もあまりなかった。

「ああ、なにかもっと、みながあっと言うようなものを書きたいなあ。いい題材はないものだろうか……」

洋二は口のなかで言った。読者が目をみはり、他誌がうらやみ、編集長が喜び、自分でも手ごたえを感じる。一回でもいいから、そんなのを書いてみたかった。

その時、電話のベルがひびいた。

洋二はゆっくりと立ちあがり、受話器をとった。仕事の電話から解放される休日もいいが、夕刻ごろになると、ベルの音へのなつかしさを覚えてくる。電話はこうも日常的になっているのだな。彼はふとそう思う。相手の声が耳に伝わってきた。

「むかし、駐車してあったダンプカーの荷台を動かし、砂利を道路にぶちまけてしまったことがあったな……」

「なんだと、なにを言うんだ……」

洋二は急に不快になり、受話器をもとにおいた。腹立たしさがあとに残った。それがでたらめだからではなかった。事実、そのような経験を彼は持っていたのだ。

あれは二十年ちかくの昔になるだろうか。彼は窓ぎわに立ち、雨のむこうの景色をながめながら回想した。少年期から青年期へ移る不安定な年代。彼と友人たちはいたずらに興味を持った。あるいたずらにあきると、もう少し刺激の強いことをやる。気づかぬうちに、それはひとつの線を越えてしまっていた。

学校の帰りの夕方、彼は友人と駐車中のダンプカーをみつけ、運転手のいないのを知り、思いつきをためらうことなく実行してしまった。荷台が動き、砂利が道路に流れ落ちて散った。ことの重大さはすぐにわかった。通行の車が急停車し、車の列ができ、やがてパトロールカーが到着し、あたりがさわがしくなる。

洋二と友人とはすばやく逃げたが、それ以来、強い罪悪感におそわれた。悪質な行為との報道を、彼らはふるえながら読んだものだった。あの日を境に大人になったようだな、と洋二は追想する。いたずらへの欲求は消え、無目的な子供っぽい行為がばかばかしくなり、社会の一員という自覚みたいなものを知りはじめたのだ。

それは洋二とその友人との二人だけの秘密になっていた。だれもそばにいない時、バーの片すみでとか、電話での雑談の話題の切れ目とかに、そのことにちょっとふれる。おたがいの古傷にさわりあうのだ。年月によってもはや傷とはいえないものとなっていたが、友人としてのつながりを確認しあう習慣みたいなものなのだ。いや、儀式と呼ぶべきかもしれない。

微妙な反省の楽しさがある。秘密というものは、秘密である限りいつまでも古びない。話しあうと、きのうのことのように新鮮によみがえり、胸がときめき、発覚へのスリルさえなまなましく感じられるのだ。

それをこう無神経に、だしぬけに電話で話すとはなんたることだ。おごそかな儀式なのだ。その友人の声のようではなかったが、ほかに知る者はいないはずだ。やつめ、気がおかしくなったのかな。洋二は心の一部で怒ると同時に、心配にもなってきた。

彼は自分の書斎に入り、そこの電話機の番号ボタンに触れた。その友人はテレビ局の報道関係につとめているが、日曜は自宅にいるのが普通だった。相手が出る。洋二は言った。

「おい、さっきはどうかしてたのか……」

「ああ、きみか。しばらくだな。元気かい。なんの用だ。さっきとは、なんのことだ」

相手はとまどい、洋二もとまどった。

「いま、変な電話をしてきたじゃないか」

「しやしないよ。食事中だったもの」

「そうかなあ。しかし、その電話の声、むかしの古傷を突っついてきたんだ。われわれ以外に知らないはずのことを……」

洋二がふしぎがると、友人が言った。

「あ、そうか、そっちにもか……」

「おい、それはどういう意味だ。きみのところにも、なにかかかってきたのか」

「いや、なんでもないよ。べつなことさ。気にしないでくれ」

友人は打ち消した。なにかそわそわした口調。洋二がいくら聞き出そうとしても、はっきりした答えはしてくれなかった。なにかがはさまっている感じ。だが、それがなにかは、洋二にもわからなかった。彼は電話を切った。どういうことなのだろう。疑惑が頭のすみにひっかかったまま残った。

夕食をすませ、家族とともにテレビを見ていると、また電話が鳴った。友人が考えなおし、事情を話してくれる気になったのだろうか。洋二はそう思いながら受話器をとった。

「むかし、駐車していたダンプカーの……」

友人ではなく、さっきの声の主だ。

「いったい、どなたです」

「だれでもいい……」

「そんなことってあるか」

洋二は勝手に切った。なんということだ。しつっこいやつめ。この調子だと、またかかってくるかもしれない。彼は先手を打とうと、ダイヤルをまわし、電話サービス・ステーションにたのんだ。

「これから外出します。かかってきた電話は、どこからか記録しておいて下さい。あしたまでよろしくお願いします」

「はい、かしこまりました」

家庭用録音装置もあるが、それだと家族がよけいな心配をするだろうと考えたからだ。

それから眠るまで、洋二の頭のなかでは、なにかがうごめきつづけだった。なかなか眠りにつけなかった。ひっかかることばかりではないか。妙な電話。それに友人のおかしな応答。つながりがあるのだろうか。ありそうな気もするが、どんな関連だろう。どう結びつけたらいいのだろう。どんな仮定を……。

一方、内心の人目をひくルポを書きたいとの意欲が、想像のはばたくのを促進していた。濁った液がかきまわされているうちに反応し、結晶しながら沈澱《ちんでん》してゆくように、ひとつの仮定がうかびあがってきた。

盗聴と関係のあることかもしれない。友人が他言するはずがないし、おれだってそうだ。その二人だけの会話が、横からなにものかに盗まれたのだ。技術革新は休みなくつづいている。盗聴用の装置もずいぶん改良されているという話だし、なにかの時に調べたところでは、信じられないほど小型のがあった。それが虫のように電話線にくっつけばそれで終り。バケツの穴なら、水のへったことでそれと気づく。だが、盗聴の場合は、いつとわからずに……。

彼はいやな気がした。おれは目をつけられたのだろうか、その相手はだれだろう。いまの職業、雑誌のライターということに関連しているとも考えられる。同業の競争誌の商略かもしれない。おれに圧力をかけ筆をにぶらせれば、競争誌もそれだけ有利になるというものだ。

しかし、洋二はすぐに打ち消した。それほどの価値が自分の文にあるとも思えなかったのだ。彼は苦笑いし、べつな仮定を立てる。とすると、なんだろう。ルポでよく書かれなかった者のいやがらせだろうか。いや、そうでもないだろう。盗聴の手間と、発覚の危険と罰とはあまりに大きい。そうまでして、胸がすっとするだけでは、うるところが少なすぎる。

そうでないとすると。彼は頭を傾け、もうちょっと苦しみ、やがてひらめきを感じた。今後に関する、もっと遠大なことなのだろう。どこかの業界が、こちらの弱味をにぎり、それに有利な記事を書かせる。ありうることだ。企業間の競争ははげしい。他をだしぬき、すきをみつけてもぐりこみ、自己の陣営に引きよせるよう工作する。そんなところだろうな。なかなかの陰謀だ。よほど悪知恵のあるやつのアイデアにちがいない。

いやいや、そこまで頭が働くのだったら、なにも一つの業種に限ることはないと考えるはずだ。効果と能率と利益とをあげるために、一種の代理業だって成り立つわけだ。一方でマスコミ関係の要所要所にいる者の弱味をにぎり、一方で企業に連絡をつけ、巧妙な操作を商品として売りつける。大きな金額が動く、非合法な産業。

どんなやつがやっているのだろう。あるていどの組織になっているにちがいない。コミュニケーション機構を利用し、それを食いものにする一派。怪獣のような寄生虫だ。

洋二は闘志のわいてくるのが自分でもわかった。

これをあばかなければならぬ。書こう。社会に対しこれほど衝撃的なレポートはないはずだ。きっと評判になる。しかしおれのダンプカー事件の古傷もあばかれるかもしれない。彼は気にしたが、噴火のごとく高まってきた仕事への興奮は、それを吹きとばした。あれはむかしのことだし、世に大きな害を及ぼしたわけでもない。この陰謀とはくらべものにならない。それに、やつらには盗聴しているという不利がある。こっちをあばけば、かえって証明するようなものではないか。表だっては争えないはずだ。

正義感と興奮、使命感と名誉心。そういった感情が彼をひっかきまわした。

「よし、書くぞ」

彼の叫びで、妻が目をさまし、ねむそうな声で言った。

「どうなさったの」

「なにか頭がさえて眠れないので、酒でも飲もうと思ってね……」

彼はそうした。決意をたしかめる乾杯でもあった。

つぎの日、雨はあがり、いい天気だった。雲がただよっている。洋二は雑誌社に出勤し、それから、自分の住宅地区の電話サービス・ステーションへと出かけた。昨夜からの興奮は、からだのなかにまだ残っている。陰謀への挑戦をこれからはじめるのだ。

ステーションの建物は大きく清潔で機能的で、どこか冷たい美しさがある。洋二はそこへ入り、まず昨夜依頼した留守電話記録係のところへ行った。自分の番号を告げてから聞く。

「どこからか電話があったでしょうか」

係の若い女は答えた。

「なにも、わざわざおいでになる必要はございませんのに。電話ですむことでございますわ」

「いや、ちょっと用事がありましてね、そのついでに寄ったのです」

「一回だけかかってきましたわ」

「どこからです」

「なんともおっしゃいませんでした」

そうだろうと洋二は予想していた。あのなぞの声の主からだったのだろう。なんの収穫もえられなかった。そう簡単に手がかりをつかめるわけはない。

洋二は受付で内部の見学をしたいと申し出た。雑誌社の取材だと言うと、それはすぐみとめられた。業務内容のPRは歓迎すべきことなのだ。見学案内係の人のよさそうな男は、洋二に防塵服《ぼうじんふく》を着せながら言った。

「ほこりが立つと電子部品にいい影響を与えませんので、これを着ていただきます。

さて、どこからごらんに入れましょう」

「さあね、そうだ。ぼくの家の電話の、ここにおける末端はどこでしょう。まず、そこを見せて下さい」

交換機室は広い部屋で、大型の電子装置が何十台も並んでいる。温度二十度、湿度五十五パーセントに保たれた空気のなかで、正確な動きがくりかえされている。カチカチとかタタタという音が飛びかっている。

洋二はなにがどうなっているのか、その方面の知識はなかった。これが科学なのだ、これが機械文明なのだ、そんな印象だけが迫ってくる。彼は聞く。

「あのタタタという音はなんですか」

「接続ですよ。つまり、番号をさがして呼び出している状態というわけです」

「なるほど」

会話という最も人間くさい行為、それをつなぐ作業が、この人間くささのないすがしい形でなされている。あざやかともいえる対照だった。案内係が一ヵ所を指さして言った。

「ここですよ、あなたの家の電話は、番号が同じでしょう」

「そうだな」

小さなナンバー・プレートがついていた。プラスチックの透明な板の窓があり、なかがのぞけた。しかし、のぞいてもどうということはなかった。洋二が見つめていると、窓のそばの青い豆ランプがともり、タタタという音がはじまった。

「どこからかおたくにかかってきたところです。なかなか出ませんね。お留守だからでしょう。ここでもお話できますよ。あそこの電話に切り換えてさしあげましょうか」

案内係は装置のそばについている受話器を指さした。しかし、その時、洋二はふと考えた。もしかしたら、昨夜の正体不明の声の主かもしれない。直感でそう思ったのだ。

「いや、けっこうです。それより、この電話がどこからかかっているのか、調べることはできますか」

「やってみましょう」

係はそばのボタンを押した。装置の上の標示スクリーンにR―58との字があらわれた。洋二は聞く。

「なんですか、R―58とは」

「その番号の装置を経過してかかってきた電話だ、ということです」

二人は部屋を歩き、その交換装置にむかった。洋二は期待で興奮していた。まもなく、なにかがわかるのだ。しかし、結果は落胆だった。そこの標示スクリーンは白く、なにもうつっていない。係は指さして言う。

「残念ながら、だめでした。逆探知不能の回線を通ってかかってきたらしい」

洋二は不満げな声で言った。

「変じゃないですか。逆探知不能回線とは、身上相談センターのような特殊な業種へのものだけでしょう。ぼくの家にはなにも関係ないはずです」

「そうなんです。しかし、他の回線が混雑していると、臨時にそれが使用されることもあるわけです。コンピューターにより能率的にさばかれているのです」

そういうものかもしれない。だが、洋二には、すなおにうなずけない気分が残った。

「そのコンピューターとやらも見たいものですね」

「地下にございます。どうぞこちらへ」

階段をおり、その部屋に入る。銀色をした巨大なものが、複雑なメカニズムのムードをただよわせてそこに存在していた。室の片すみには三名の技師らしい人が机にむかって控えている。洋二は案内係に言う。

「これはどんな性能なのですか」

「とてもひと口には説明できませんが、記憶、演算、処理、連絡、すべてにすぐれた型だという話です。このようなのが、各ステーションにあるわけです」

「なかをのぞいてもいいでしょうか」

「どうぞ……」

外側のおおいの一部をあけてくれた。くもの巣を大量に集めたように電線がからみついている。赤や青、黄や緑などさまざまな色で、縞《しま》や水玉もようのもある。このように電線を色分けしてでもおかないと、混乱してしまうだろうな。その程度は彼にもわかり、彼にわかるのはその程度だった。

理解を越えた装置が、げんに社会にこのように存在し、休むことなく動きつづけている。世の終わりまで停止することはないのだろう。そう思うと、なにかいらいらさせられた。彼がのぞきこみつづけていると、係が言った。

「面白いですか」

「いや、盗聴装置でもまぎれこんでいるんじゃないかと思いましてね」

「なんですって、とんでもない。なぜ、そんなことをおっしゃるのです」

案内係の表情は急に変った。ひとのよさそうな感じが微妙に変化し、あわてたようなものとなり、そして消えた。

「むかしニューヨークの電話会社で起った、十万本におよぶ盗聴事件のことを思い出しただけですよ。そんな苦情みたいなものを耳にしたことはありませんか」

「ありませんよ、そんなこと。許されるわけがないでしょう」

係の声は大きくなった。洋二は、許されないことの起るのが社会でしょうと言いかけたが、それはやめた。

その時、ブザーの小さな音がひびき、装置の一部で赤いランプが点滅した。技師のひとりが立ちあがり、その部分を引き抜くようにとりはずし、かわりに新しい部品をさしこんだ。ランプは消え、音はとまる。

「いまのはなんですか」

と、洋二は技師に質問した。

「この部分に接触状態不良の現象が生じたので、とりかえたわけです。簡単でしょう。この高度のコンピューターには故障の自己発見機能もあるのです」

「えらいものですな。どういうしかけなのですか」

「さあ、知りませんね。ランプで指示され、入れかえる。それですむのですから、いいじゃありませんか」

「この構造にくわしい人はだれですか」

「点検部長です」

洋二は案内係に言った。

「そのかたに会わせて下さい。ここの見学はこれでけっこうです。ありがとう」

案内係とは、点検部長室の前で別れた。名刺を出すと、ひまだったのか、すぐ面会することができた。五十歳ちかい神経質そうな男だった。洋二は言う。

「ちょっと取材させて下さい。いま、いろいろと見せていただいたところです」

「すばらしいものでしょう。社会はより複雑に、より大きくなる一方です。それを正確に円滑に保ち、進歩させる。その一役をになっているわけです。誇らしく思いますよ」

「あのコンピューターの構造はよくご存知なのでしょうね」

「もちろんですよ。わたしが指揮をとり、定期的に点検しております。また、他のステーションの部長とも会合し、研究会議を開いたりしております。なにしろ責任重大ですからね。もし狂ったりしたら……」

「ひとつだけですが、失礼なことをお聞きします。こんなうわさはありませんか。どこかで盗聴がなされているのではないかという……」

「冗談をおっしゃってはいけません……」

部長は笑いとばした。しかし見つめている洋二の目には、そこになにか、わざとらしいものが感じられた。こめかみあたりが少しふるえていた。

「ありえないことだと……」

「もちろんです。末端のほう、家庭内とか企業内とかで、小型装置をとりつけてひそかに非合法におこなわれている場合については、断言できませんが……」

「末端で可能なら、あのコンピューター内部においても、可能は可能でしょう」

「困りますなあ、そんな理屈は……」

部長は説明の言葉をさがそうと口をつぐんだ。その時、机の上の電話が鳴る。部長はそれを取り、緊張した顔つきになった。短く答えるだけで、やがて受話器を戻し、洋二に言う。

「ちょっと急用ができましたので失礼させていただきます。しかし、雑誌などに、根拠のないことを臆測《おくそく》だけで書かれては迷惑します。その点はよろしく」

「わかっております。そんなことをしたら雑誌のほうも評判が落ちますから。では、おじゃましました」

洋二は点検部長室を出た。廊下にしばらくたたずんでいたが、部長はべつに出てこなかった。急用ではなかったのだろうか。

洋二は他の部課をまわった。苦情受付課とか、人事部。人事部では前任の点検部長の名を聞いてみたりした。しかし、どこでも、手ごたえのある話はえられなかった。うやむやな、要領をえない点があるようだ。

彼の気のせいかもしれない。なぞの問題点をとりかこむ、壁のようなものが感じられてならなかった。壁があるとすれば、だれがこのような壁を作り、どのような力で壁を保持しているのだろう。洋二は疑惑を深めた。と同時に、挑戦への闘志をかきたてられるのだった。

雑誌社へもどり、洋二は考えをまとめようとした。だが、なにもまとまらない。とらえどころのない、膜のような存在を感じているだけなのだ。

椅子にかけ机にもたれ、目を閉じると、さっきの装置が浮かぶ。細い電線の、もつれた網のような姿。カチリと音をたてて動くなにか。その他わけのわからない部品のむれ。集合体。敵がいるとすれば、その電子部品のジャングルの奥にひそんでいるのだ。

闘志だけは高まるが、どこから手をつけていいか迷う。彼は退社時間がすぎたのも気づかず、ぼんやりと机にむかいつづけだった。これは予想以上に大きな事件かもしれぬ。自分ひとりの手にはおえそうもない。しろうとだけではだめなのだ。電子関係にくわしい専門家を加えた特別取材班を編成し、社としてことに当たるべきかもしれない。それによって、敵をジャングルから狩り立てるのだ。

彼は決心し、その企画書を書きはじめた。夢想と思われて笑い飛ばされないように書かねばならぬ。心のなかの炎を、どう表現したものだろう。意外とむずかしく、筆はなかなか進まなかった。

そばで電話が鳴る。洋二はあたりに自分ひとりであることに気づき、それを取った。

「はい……」

「よく聞いてもらいたい。あなたは以前、ある夫人といい仲になった。その亭主がそれを知ったら、ひと騒動になる。あなたの家庭もまた……」

昨夜の正体不明の声だった。洋二は青ざめて聞きかえす。

「いったいどうしてそれを……」

「そんなことは、どうでもよろしい」

「で、それがどうだというのです」

「これを平穏にすませたいのなら、こちらの条件をいれてもらいたい」

「なんです、条件とは……」

「これ以上、つまらぬせんさくをしないことだ。なんのことかはわかるはずだ。それだけでいい」

電話の声には距離感がない。遠くからか近くからかわからず、推察を拒否する。

「いやだと言ったら……」

「いまのことを関係者に知らせるまでだ。念のために言っておくが、あなたについてのそれ以上の秘密も知っている」

「考えさせてくれ……」

「いいだろう」

「返事はどうしたらいいか」

「返事などしなくていい。あなたの行動はすべてわかるのだ」

電話は切れた。洋二はしばらく呆然《ぼうぜん》としていた。あんなことまで知っている。ダンプカー事件では力が弱いと知ってそのつぎの切札を出してきた。どこで秘密を知ったのだろう。いずれにせよ、この調子だともっと多くのことを知っているかもしれないのだ。ふしぎさとともに、ぶきみさを感じた。ゆっくり考えてみなければ……。

彼は書きかけの企画書を破った。物かげからうかがっているだれかに示すように、こまかく破ってくずかごに捨てた。紙片はかすかな音をたてた。

その音とともに、残っていた闘志も弱まっていった。かわって、ためらいの気持が大きくなってゆく。おそらく、強行しようとしたら、敵は先手を打つだろう。自己の悪評がひろまり、社内でのけ者にされ、つまり記事は書かれることなしに終るのだ。

洋二は自宅へと帰った。メロン・マンションの三階。妻子が夕食を待っていた。

「パパ、おかえりなさい。おそかったね。早くごはんを食べようよ」

と坊やが言う。妻は洋二をいたわる。

「あなた、お疲れのようね。お酒でもお飲みになったら……」

「ああ」

彼はうなずく。酒の酔いが気分をほぐしてくれる。いつも食事の時に聞く、なごやかなBGM。おだやかなムード。やはり家庭だ、と洋二は思う。

これを守らなければならぬ。よけいなやつが、これを乱しに入ってくるのを許してはならない。あの条件をのむべきだろうな。むこうとの約束では、どんな記事を書けとの強制はしてこない。ただ手びかえればいいのだ。そのかわり、平穏という大きなものが保証される。家庭とともに生きる人生において、平穏以上に価値のあるものがあろうか。

しかし、いくらかの反省もある。ライターとしての使命はどうなるのだ。やましさが胸のなかで少しあばれる。しかし、それを押えつける。だれか、ほかの者がやってくれるだろう。若く元気で、過去の透明な者が。おれはとしをとったのだ。中年に入りかけている。それぐらいの妥協は許してもらわなければ……。

そのうち、洋二は想像する。熱狂がさめたせいだろう。あのステーションの連中の壁をささえている力がわかりかけてきた。彼らもみな、そのような圧力を受けたのだろう。点検部長の机の上で鳴った電話も、あの声の主からだったかもしれない。口をふさぐための。

そんなことで、身動きがとれず、強力な壁となっているのだろう。洋二はつぶやく。おれもいつのまにか、その壁の一員となってしまったようだな。おれもこの件についてだれかに聞かれたら、そしらぬ態度をとるだろう。

自分の魂の若々しさが飛び去って行くようだった。青年期から中年への移り目。彼は立ちあがり、窓からそとを見る。けさは春めいていたが、天候の変りやすい季節。そとには寒さが戻ってきていた。室内はあたたかいが、窓ガラスにさわるとつめたかった。

4

ノアの子孫たち

朝。ベッドのなかで目ざめたその男は、横たわったまま窓からそとを眺めていた。彼はそれが好きなのだった。だから、ベッドの位置も窓の近くにしてある。

メロン・マンションの四階の一室。そとには春があった。うす曇りの空。まもなく桜がいっせいに咲く。桜は春の訪れをなんで知るのだろう。樹の一本一本はうちあわせもしないのに、ほとんど同時に咲き、同時に花を散らすのだ。生命の微妙な神秘というべきだろうか、精密装置のような正確さというべきだろうか。人間とくらべて……。

人間とくらべてどうなのか、彼には結論が出なかった。しかし、なにも考えないよりは、ここまでででも考えたほうがいいというものだ。朝のベッドからそとをながめる習慣はいいことだと、彼は自分の空想好きを理屈づけた。

彼は津田といい、四十五歳。結婚の経験はあったが、妻とは五年ほど前に別れていた。性格があわなかったのだ。そして、いまはひとりぐらし。べつにそう不便も感じていなかった。

ベッドのそばの台の上で電話が鳴りはじめ、彼の空想を中断した。こんなに朝はやく、だれからだろう。津田は手をのばして受話器をとった。相手の声が言った。

「おい、大変だぞ。動物園のサルの山を知っているだろう。そこのたくさんのサルが、どういうわけかいっせいに知能が高くなって、集団脱走をした。そちらにむかっている。気をつけたほうがいい……」

「なんだって。本当か、それは。いったい、どなたです」

津田は受話器をにぎりしめ、ベッドからおりながら聞きかえした。相手は言った。

「……こちらはジュピター情報銀行。恒例のエイプリル・フール・サービスでございました。きょうは四月一日。いまの一瞬、いくらかびっくりなさり、いくらか面白がられたことと存じます……」

「なんだ、そうだったのか。わたしとしたことが……」

津田は苦笑いした。そのジュピター情報銀行は彼の勤務先なのだ。自分の会社のサービスで、自分が驚いてしまったのだ。しかし、それでいいのだろう。たぶん、お得意先の人の全部が、いまのことで適当に驚いてくれたにちがいない。

このサービスは好評だった。毎年、広告代理店に依頼し、アイデアをいくつか出してもらう。一種に限らないわけは、たとえばサル恐怖症の人には刺激が強すぎ、べつなものにしなければならないからだ。それをテープにおさめ、親しげな声で電話にのせるのだ。

もちろん、エイプリル・フールであることはすぐ説明する。友人にひっかけられた場合は不快さの残ることもあるが、電話でのこのサービスでは、だれの笑いものになることもないのだ。

彼はテーブルについて朝食をとった。食べるものはきまっている。といって毎朝一定なのではなく、情報銀行のメニュー・サービスによって、ジュースの種類だの、コーヒーの産地、パンの形など、毎日少しずつ変化がついている。当人の性格にあった、好みにぴったりのバラエティーがつくのだ。マス・コミュニケーションとちがった、きめのこまかいサービス。

「おかげでわが社もまあまあ順調だ。また、わたしも独身でも不自由なく暮してゆけるというわけだ……」

津田は自賛しながら食事をすませ、服を着て出勤した。そとは寒からず暑からず、まもなくやってくる新緑の季節の前ぶれの要素のようなものが、空気中にただよっていた。

津田のつとめ先のジュピター情報銀行支店は都会の中央にあるわけではない。そんな必要はないのだ。郊外の林にかこまれた静かなところにあり、二つのビルがある。

ひとつは支店であり、ひとつは研究所。この支店には付属研究所がくっついているのだ。すぐそばにあるほうが、実用に密着した開発がしやすい。

津田は支店長であり、その研究所の管理事務の責任者をもかねていた。支店の人員はとくに多くもなかった。いうまでもなく記憶容量の大きなコンピューターがあり、それが主役だった。あと電話応対の係で仕事はやっていけるのだ。

支店長室に入り、書類に目を通してから、津田は社内をひとまわりした。日課なのだ。女子の電話応対係たちは、きびきびした口調でいそがしげに仕事をしている。

「はい。番号をどうぞ。ご用件は……。きのうなさったトランプの勝負の成績を記録なさりたいのですね。わかりました。では、どうぞ……」

そう答えてから、それぞれの前にある盤に並ぶボタンを、指先で操作している。依頼者の用件の部分に接続したのだ。成績はそこに記録される。もちろん、いままでの記録もそこに残っている。だから利用者は、このところトランプでだれに負けつづけだったかも知ることができるのだ。

「もしもし、こちらはジュピター情報銀行でございます。お知らせをいたします……」

と電話をかけている係もある。番号は自動的に接続される。係としては、これだけ言って、ボタンを押せばいい。あとはテープが告げてくれる。その内容はさまざまだ。

〈予防注射の有効期限がそろそろ切れます。一週間以内に病院へお出かけ下さい〉

というのもある。

〈明日はお子さまの誕生日でございます。カナリヤを買ってあげるとの約束をなさっております。お忘れにならぬよう。なお、ご帰宅途中にあるペットショップの場所は……〉

というのもある。つまりメモがわり、日記がわりなのだ。そして、それ以上の役目をはたしている。生きているメモなのだ。当人がすっかり忘れていても、必要な期日がくると、話しかけ注意してくれるのだ。忘れるということによる失敗を、人生から消してくれる。

このジュピター情報銀行は、どちらかというと上流階級をお得意先に持っていた。よそより料金が高いかわり、すべてにゆきとどいているのだ。〈子供にカナリヤを買うこと〉と当人の声が再生されるだけでも用はたりるのだが、ここでは、ていねいなお知らせの口調で告げるのだ。コンピューターによりそのように変えられ、やさしい声となっている。なまなましい自分の声より、このほうがいいのだ。

利用者はいろいろだ。若い女の声でこんなのもある。

「きのう、ボーイフレンドといっしょに食事をする約束だったけど、かぜをひいて熱が高いからとうそをついて、すっぽかしちゃったの。これ覚えといて……」

どこかの重役クラスらしい人の依頼もある。

「親類の者が金を借りにきたが、いまは株の値下りでそんな余裕はないとことわった。記録しておいてくれ」

そして、つぎにその相手と会う前に、ちょっと電話でたしかめればいい。すっかり忘れていて、話が前とあわず恥をかいたりあわてたりすることもないのだ。優秀で忠実な個人秘書。むかしは大変なぜいたくだったが、いまは情報銀行に口座を持てば、だれにでもそれができるのだ。

うそをずっとつき通す人は、記憶がよくなければならないということわざがあった。うそはつつしんだほうがいいというのが本来の意味だが、コンピューターはそれを変えつつある。だれでも記憶力がよくなった時代。

もっとも、それとちょうど逆の利用法だってあるのだ。

「さっき画商が、前からたのまれていたと、ラミンズという画家の作品を持ってきた。いくらなら買ってもいいと言ったのか、忘れてしまった。その時の記憶を出してくれ」

他人の調子のいい言葉にだまされまいとの作戦なのだ。ごまかしを見抜くためなのだ。もっとひどいのもある。

「税務署から調査に来るそうだ。去年どんな言いわけをしたか、忘れてしまった。その記録をたのむ……」

それにもとづいて今年の言いわけをし、それもまた記録し、来年においても一貫した言いわけができるよう役立たせるのだ。税務署のほうでもコンピューターを使っているはずだ。いいかげんな、その場のがれではだめなのだ。

津田は情報銀行のそんな利用のされかたを見ると、妙な気分になる。虚々実々と形容すべきなのだろうが、ほとんど頭脳を使うことなくそれがなされるのだ。

むりな言いわけを重ねすぎた利用者は、特別料金を払って、最後の言いわけの知恵を求めてくる。それに対しては、現状をくわしく聞き、最初から今までのうその言いわけをつなげて、コンピューターはもっともらしい事情の筋を考え出してくれるのだ。コンピューターは当人の手におえなくなったところに、それを越えるためのうそを製造してくれる。

利用者はそれだけ神経を使わなくてすむというわけだが、それだけ金もかかるというしかけだ。しかし、使わなくてすんだ神経が、それ以上の金額に価するというのなら利益なのだろう。ここに情報銀行の価値がある。

この種の情報銀行は、金銭をあつかう普通の銀行と機能の点でよく似ている。ただ品目が金銭でなく私的情報であるというだけのちがいだ。預けておいて、好きな時にいつでも出せる。また、金銭の銀行はガスや水道の料金などの払込みの代行をやってくれる。ここでもそれと同じことをやってくれるのだ。

たとえば、新しくレジャー・クラブに入会する時、新しく新種の保険に加入しようという時、そんな場合に調査欄にいちいち同じような内容を記入しなければならない。そんなことの代行をやってくれるのだ。もちろん、加入者の了解をえた限界内でのことだ。それ以上のことに及ぶ時は、いちいち了解をとる。だが、いずれにせよ、むかしにくらべずいぶん手間がはぶけることになったのだ。

時には他に口座が移動することもある。料金とサービスの関係で他の情報銀行にかわったり、住居の変更で他の支店に移ったりする。そんな場合も、電話線を利用し、そう時間もかけずにそっくり移せるのだ。

口座の利用者は、それぞれコード番号を持っている。それが鍵《かぎ》であり、情報のもれるのを防いでいる。また、利用の仕方がいつもとちがってもたもたしたりしていると、いちおう逆探知がなされ、本人かどうかの確認をし、他人だったら警察へ通報されるのだ。

電話応対係たちの室をひと回りした津田は、地下の室におりた。がっしりしたコンクリート造りで、そこはコンピューターと記憶装置の場所となっている。空気調節された清潔な静かさのなかで、かすかな機械音がささやくように響いている。津田はここに来るたびに、いつもこうつぶやいてしまうのだ。

「ここが人びとの脳の出張所なのだ……」

人間は、うまれつきの脳だけではたりなくなってしまったのだ。いや、たりなくなったのは、脳の能力を使いこなそうという意欲のほうなのかもしれない。しかし、進化であることにはちがいない。こういう器官を、新しくからだに付属させたのだから。

「心の出張所でもある。これが秘密というもの。ここが秘密の倉庫なのだ。人生における貴重なるもの。しかし、それぞれの当人は貴重きわまりないような気になっているが、内容はとるにたらない、くだらないものと言えるのではないだろうか」

津田はそう言い、歩きまわる。秘密というと暗くしめった語感だが、ここは逆に明るく乾いている。その対比が異様だ。彼は装置が正常に動いているかどうかを確認するため、ポケットからイヤホーンを出し、穴にさしこんでみる。支店長として許された行為だ。一分間だけ聞くことができる。声がしていた。

〈いま、フロリダのゴルフ場に来ている。三年前にここでやった時の、わたしの記録をくわしく知りたい……〉

一分間たつと、装置は自動的に傍受を切る。話の内容は、加入者が国際電話で問い合わせをしているようだった。それがだれなのかは、ここでは番号がわからず知りようがない。津田はイヤホーンを抜いた。

静かな地下室にひとり、津田はここが好きだった。装置を眺めているだけで、いろいろなことが頭に浮かんでくるのだ。

電話の普及はすばらしいものだ。フロリダだろうがどこだろうが、世界中どこども一瞬のうちに連絡し、空間なるものを消してしまう。距離がまるで無になるのだ。そして、コンピューター。これは時間というものを消してしまう。三年前だろうが一時間前だろうが、その記録の正確さにはなんの差もないのだ。こんな時代になるとは、むかしの人は想像もしなかったろうな。いや、いまだって完全にそれになれているといえるかどうか。

空間と時間とを消し、人びとは自由にそれを利用している形ではある。しかし、ここにいる津田の目には、逆のようにも見えるのだ。人間たちがコンピューターのために働いているかのように。夏のアリがぞろぞろと、熱心に食物を単に運ぶ。なにかそれを連想してしまう。アリたちは、なぜそうするのか自分でわかっているのだろうか。人間のほうはどうなのだろう。

「アリは食物を運び、人間は秘密を運ぶか……」

彼はつぶやき、名文句だなと自分で喜んだ。彼の思考は、秘密ということに飛んだ。いったい、秘密とはなんなのだろう。人間に特有な現象のようだが、なぜ秘密がこうも大問題なのだろう。だれもがかくすから知りたくなるのだろうか。だれもが知りたがるから、かくしてみたくなるのだろうか。人間が人間である特徴は、秘密で構成されているという点だろうか。

「まったく、ふしぎなものだなあ、人間という生物は……」

津田は思いにふけった。このようにとりとめもないことを考える性格が、妻の趣味と一致せず、離婚するはめになったのだ。しかし、いまは好きなようにそれにひたることができる。

そもそも、秘密なるものの起源はどこにあるのだろうか、とも考えてみる。原始時代にさかのぼるのだろうなあ。いや、もっと前なのかもしれない。食料をさがして野山をうろついていたころなんだろうなあ。食料を求めるのは楽でなく、しかもそれは有限だ。その所在を他に知らせることは自己の損失。餓死につながりかねない。そんなことから、自己、家族、部族と何重もの秘密がうまれてきたのではないだろうか。

有限なものをめぐって争うとなると、その競争相手を殺さなければならない。さもなければ所在を秘密にするかだ。どちらをえらぶかの岐路に立ち、人類は殺しでなく秘密のほうをえらんだ。これが文明のはじまりじゃないのだろうか。殺しは強さだけできまる。原理は弱肉強食だけだ。しかし、秘密となると、強さではない。くふうがいるのだ。最初はちょっとしたくふうですむが……。

火や道具の発明なんかより、秘密ということの発明のほうが大問題だったろうな。だから旧約聖書でも、人類最初の事件はエデンの園で禁断の果実を食うことなのだ。

神に対して秘密を持ったという象徴なのだろう。

それに、ノアの箱舟の物語。これもまた秘密の重要さだ。神の予告を受け、ノアとその家族は動物とともに箱舟にのり、洪水をのがれることができた。もし秘密をまもらなかったら、混乱状態におちいって、生き残ることはできなかったろう。

秘密のおかげで生き残ったのだ。われわれはみな、そのノアの子孫。秘密という遺産をうけつぎ、それぞれの心のなかで大切に育て、これまでに発展してきたのだ。そのあげく、いまや秘密は、その容器である人間よりも大きくなり、貴重になりつつある。ここにあるコンピューター装置となって。

津田はつぶやくのだった。

「変なものだなあ。どうってこともなく、くだらないしろものなのに。まったく、変なものだなあ……」


内部をひとまわりし、津田は支店長室にもどった。しばらくすると、電話がまわされてきた。特別な口座の持ち主からだ。銀行にとって大切な得意先のお客で、そのような人はコード番号のあとにAの文字がついている。津田はていねいな口調であいさつした。

「まいどありがとうございます。で、どんなご用でございましょう」

女の人からの依頼だった。

「じつはね、きょうの夜、あるパーティーに招待されているの。でも、その人とは初対面なのよ。そして、今後ずっとおつきあいしなければならない大事な人なので、失敗したくないのよ。お願いだから、その人の性格を教えてもらいたいの。その人はね、第二住宅地区の……」

住所と姓名を告げてきた。津田はもったいをつけて言う。

「ごもっともなことでございます。しかし、そのようなことは、ちょっと……」

「あたし、おたくとは昔からの取引きなのよ。よその情報銀行から口座を移したらと勧誘されてるけど、ことわっているのよ。特別料金はお払いするわ。なんとか便宜をはかってよ……」

「では、特別になんとかいたしましょう。少しお待ち下さい……」

津田はボタンを押し、操作した。支店長室にある操作板は、支店長の判断によってのみ動かせるものだ。さほど時間はかからない。その指示された相手の人物の口座につないだ。調査票などへ公表することを許されている部分より少し多く知らせる。すなわち、プラス・アルファだ。

といっても、当人の秘密の全部をあきらかにするわけではない。あまりに大量で雑然としていて、知らされたほうも持てあましてしまう。いままで口座の記憶装置に流入したデータをもとにコンピューターが分析した、性格傾向のおおよそを教えてあげるのだ。

「どうもありがとう。とても参考になったわ」

「お役に立てばさいわいでございます。どうぞ、そのかたと円滑なご交際をなさいますよう。しかし、この件は内密に」

「もちろんですわ」

電話は終った。こんな仕事のたびに、津田は考えるのだ。これはいけないことなのだろうかと。秘密データによる性格分析。それを公表するのはいいことではないか。悪いとすれば、なぜ悪いのか。悪いときめつける理由が思い当たらないのだ。

このサービスによって、人と人との交際がスムースにゆく。へたをすれば初対面で、相手のいやなことを不用意に失言し、あとあとまで、時によっては一生とりかえしのつかない後悔をも残しかねない。そんな不幸を、あらかじめ防止してあげるのだ。

正か不正かの疑問は残るが、津田はそれを割切ることができる。なにしろ、これはお客さまの要求なのだ。いいことなのだ。

べつの支店、あるいは他の情報銀行から、この種のことの問い合わせがくることもある。ここに口座を持っている人に関してだ。それにもなるべく応じてあげるようにしている。個人の具体的な秘密ではなく、性格というパターン化した情報なのだ。個人の表情であり、口調であり身ぶりであり、つきあって時間をかければわかることではないか。その手間を短縮させる手伝いをしてあげるだけだ。これこそサービス、他のいわゆるサービスとちがいはない。お客さまのためであり、いい結果を提供しているのだ。

金銭をあつかう銀行からの問い合わせもある。

「当銀行のお客のうち、賭博《とばく》好きの性格の者をマークしておきたいのです。注意をしておかないと、将来、当行の損害をひきおこしかねません。それは他のお得意さまたちへよけいな損害をおかけすることにもなるわけです。よろしくご配慮のほどを……」

そんなのに津田はこう答える。

「ご事情はよくわかります。しかし、ギブ・アンド・テイク。こちらのお手伝いもお願いしたい。こちらに口座をお持ちのお客さまのうち、金銭的に不安定なかたがあったら、マークしておきたいのです。料金の支払い不能者が出ては困りますから」

「いいでしょう。それぞれの企業のため、とりもなおさずお客さまのためでございます。おたがいにそのためにつくしましょう」

情報の交換がなされる。コンピューター間の連絡により、短時間ですんでしまうのだ。安全と有利とを求める各人の要求の集積。それが具体的な動きとなるのは、金銭の場合も個人情報の場合も同様のようだ。

仕事のあいま、津田はひまになると、ひそかな楽しみにふける。別れた妻の個人情報をのぞくことだ。彼女の性格分析は、離婚してから変りつつある。〈金銭とか宝石とか、現実的なものに興味を示す〉だったのが、最近では〈現実的なものにしか興味を示さず、それにいちじるしく執着する〉となってきた。傾向がひどくなっているのだ。離婚してよかったと、彼は心のなかで喜ぶのだ。

彼は支店長の権限で、別れた妻のコード番号をも知っている。だから、さらに深くのぞくこともできるのだ。彼女の秘密の領域。そこには浅薄で、たあいないものばかりがおさまっている。こんなものがなんで秘密なのかわからない。浅薄だから秘密にしなければならないのだろうなと、彼は思う。

午後になると、津田のところに、中央の本社から会議の決定事項のまわってくることが多い。電話が鳴り、声が言った。

「付属研究所への新製品開発の件だ。ぜひ、いいものを作ってもらいたい。それから、前に指示した開発の件を促進してもらいたい」

感情のない男の声だ。人工の声を使っているのだなと津田は思う。彼は言った。

「はい、わかりました。テレタイプにてお願いいいたします」

机のそばのテレタイプが動きはじめた。本社のコード番号、書式はととのっている。たちまちのうちに、書類がそこに出現した。

津田はそれを持って、付属研究所の建物に行く。主任技師に会い、まず促進のほうの用件を話した。

「前からの開発計画はどうなった」

「はい、あのうそ発見機つきの電話機のことですね。ほぼ試作品が完成しました。これです」

主任技師は電話機を持ってきた。受話器のにぎりの部分に、美しい色彩のものが巻きついている。津田は聞いた。

「どういう作用をするのだ」

「このにぎりの部分。手のひらの汗の分泌量が、そこで測定されるわけです。汗の出方の変化は、電流の変化になおされ、当人に知られることなくこっちへ伝えられるのです。しかし見たところはすべりどめのようで、美しい飾りのようでもあり、普及を助けるでしょう。ここに苦心があるのです」

「うまい考案だな」

「汗の出るぐあいと、その時の会話とにより、コンピューターの分析でうその可能性の度合が判明できます。かなりの成果をあげるでしょう。しかし、なぜこんなものを……」

と主任技師はふしぎがった。

「わが情報銀行の内容充実、世の中からのより正確な情報収集のためだろう。つまり、お客へのより高度なサービスということになる。そうそう、それから上部からの新しい指示があった。これだよ……」

津田はいま電送されてきた書類を示した。主任技師はながめながら顔をしかめる。

「驚きましたねえ。これは巧妙な会話盗聴装置です」

「どういうことなのだ」

「家庭用の電話機の受話器を、特殊電流による遠隔操作で受信可能にするものです。つまり、見た目には気づかれない程度に、そっと持ちあげたといった状態になるわけです。それによって当人には気づかれないうちに、そばでの会話がキャッチされてしまうのです。これがおかれると、家庭内の実情がそとにもれるわけです」

「やはり、わが情報銀行のお客さまのためだろう」

「いいんでしょうかね。ゆきすぎのように思えます。法律にひっかかるところです」

「それもそうだな。念のため、本社に問い合わせてたしかめてみよう」

「お願いします」

技師の心配ももっともと思い、津田は室にもどり、本社への連絡をしようとした。

その時、電話がかかってきた。さっきの単調な男の声だ。

「さっきの指示の件は、進めてもらえるだろうな」

「はい、しかし、どうも気が進みません。あんなものの開発を進めていいのでしょうか。いったい、本社での本当の決定なのですか。あなたはどなたです」

「文句を言うな。そのままやればいいのだ。従わないとおまえに不利になるぞ。おまえの個人情報についての、感心しない部分があかるみにでる。別れた奥さんの情報をひそかにのぞき、楽しんでいたこともな……」

「ああ……」

津田は驚きのうめき声を出した。別れた妻の秘密をのぞき、そのうちのいくつかを自分の情報メモに移しておいたのだ。その弱味をだれかにつかまれてしまったらしい。それに、空想愛好の傾向がある性格のことを人びとに知られては、会社づとめとして困る立場になる。

「どうだ。文句をいったり、こちらがだれかなど質問をするな」

「はい……」

津田は青ざめた。自分の心のなかに、なにものかが土足でふみこんできたような感じがした。

その動揺につけこみ、相手の声は言った。

「それから、お客のコード番号と姓名との確認をやりたい。すぐ用意をしてくれ」

「しかし、それは……」

「おまえの責任には絶対にならぬようにやるから、心配するな。いやなら……」

「わかりました」

複雑なボタンの操作で、それはたちまちのうちにどこかへと伝達された。津田は思う。この相手は、おれの秘密を知っている。個人情報をのぞいたにちがいない。

目に見えぬ相手への怒りが、彼にやけをおこさせた。

それでも、一瞬の反省はある。しかし、この指令を拒否できたかとなると、それは不可能だったのだ。自己の秘密の公表の拡大は、なんとかして防止せねばならぬ。それがなされたら、自分の存在価値がない。死体同然になってしまうと思えたのだ。規則無視の罰よりも大切なことだ。

さっきは他人の秘密について客観的な考えができた津田も、ことが自分におよぶと、平然とはしていられなかった。矛盾だ。

しかし、彼はこんなふうにも思った。秘密を守りたがるのは本能なのだ、理屈じゃどうしようもないことなのだと。

津田はまた研究所に行った。

「本社では文句をいうなとさ」

すると、技師もさっきと一変して、すなおに答えた。

「やりましょう」

そのようすから、この技師もあの声にやられたのかもしれないように思えた。どこでなにが動いているのだろう。津田には見当もつかなかった。そして、そんなことより、彼にとっては帰宅してからの、ひとりの時間のほうが大切なのだった。ひとりで勝手なもの思いにふけりたいのだ。

彼は退社時間になると、四階の部屋に帰宅し、もの思いをたのしんだ。四月のけだるい夕暮を窓のそとにながめながら……。

5

亡霊

五月の夜。五月という語にはこころよい響きがある。発音そのものはさほどよくもないのだが、すばらしいものをいっぱいに意味しているからだろう。人の想像力へ訴えかけ、いきいきとした刺激をうみだす作用があるのだ。

新緑があたりにひろがっている。それは建物のかげなどにも点在し、おや、あんなところにも植物があったのかと、あざやかな驚きをもたらしてくれる。山へ行ったらさぞ美しいだろうなあ。渡り鳥たちはすでにやってきて、飛びまわっていることだろう。海岸の波うちぎわには、夏のけはいが寄せているかもしれない。それらを想像すると、頭のなかまで新緑になったような気分になる。

ここはメロン・マンションの五階の一室。室内の空気は換気装置によって浄化されたものだ。また、夜であるため、窓ごしに広場の樹々の色を眺めることはできない。だが、やはり五月のかおりがあたりにただよっている。緑の香気が、どこからともなくしのびこんできているようだ。想像力のせいかもしれない。しかし、それでいいではないか。

ここの住人は亜矢子と昭治。いずれも三十歳で、ふたりは夫婦だった。昭治はナグ開発コンサルタント事務所というのにつとめている。中小企業から各種の研究の委託を受け、改良点を提案したりするのを営業とする会社だ。すぐれた人材をそろえ、実績もあり、信用もある。

二人はそこで知りあい、三年前に結婚した。亜矢子はつとめをやめ、いまは家庭の仕事に専心している。倦怠期《けんたいき》はまだおとずれず、ふたりは幸福だった。子供はまだなかった。そのため室内はきちんとしており、家具や飾りは理知的なムードで統一されていた。

壁の時計が夜の十時を示していた。亜矢子はそれを見ながら言った。

「きょうは面白いテレビもないし、ステレオでも聞きながらお酒でも飲みましょうか」

「それもいいな」

亜矢子は装置を使わず、自分の手で緑色のカクテルを作って持ってきた。昭治は言う。

「新茶をあしらったカクテルか。五月のかおり、五月の味、五月の色だな。しかし、あざやかな緑というやつには、どこか人をいらいらさせるものがあるな」

「年に一回ぐらいはね、そんな時期もあったほうがいいのよ……」

その時、電話のベルが鳴った。その音に反応し、ステレオ装置は自動的に音量が小さくなり、話のじゃまにならない程度になった。亜矢子は「あたしが出るわ」と言い、部屋のすみへ立って受話器をとった。

「もしもし」

それに対し、男の声がした。

「あ、奥さん。お元気ですか」

なれなれしい口調だった。聞きおぼえのある声。だれだったかしらと、彼女は思い出そうとした。頭のなかで、知人の名のリストを大急ぎでめくってみた。しかし、そのなかにはない相手だった。思い当らない。よく知っているはずの声なのに。度忘れしているという感じ。亜矢子は不安になった。いたたまれないような気分になり聞いてみた。

「失礼ですけど、どなたでしたかしら……」

「だれだとお思いですか」

「お名前をおっしゃらないなんて、困りますわ。失礼ですわ。なぞなぞ遊びでしたら、よそでやって下さい……」

彼女ははっきり言った。ふざけているのだったら電話を切るつもりだとの決意を口調にこめた。相手の男の声は言う。

「ふざけているのではありませんよ、奥さん。ぼくの声をお忘れなんですか。おわかりになりませんか」

　それを耳にし、亜矢子はしばらく考え、ためらいながら言ってみた。

「もしかしたら、広川さんのご兄弟でしょうか」

「いいえ、ちがいますよ」

「どこかお声が似ているので、そうかなと思ってしまったのですわ。ほかに思い当りません。ご用がないのでしたら、これで……」

「待って下さい、奥さん。兄弟なんかじゃありませんよ。ぼくには兄弟はないんです。そのこと、ご存知だったでしょう」

「すると、あなたは、広川さんご本人なの。まさか……」

　亜矢子は、途中で声が出なくなってしまった。受話器を持つ手がこまかくふるえ、顔は青ざめた。相手の男の声はつづく。

「そうですよ。本人にむかって声が似てるなんて、ちょっとひどいな……」

「まさか。たちの悪い冗談はおよしになって下さい……」

「あはは……」

　男の笑い声が長くつづいた。楽しい笑いではなく、いやな笑いだった。それを終らせるには、亜矢子は悲鳴をあげ、受話器をおく以外になかった。やっとのことでそれをやり、彼女は崩れるように床に倒れた。

それに気づいた夫の昭治は、彼女を抱きおこした。ブランデーを持ってきて飲ませ、ソファーに横たえた。

「おいおい、どうしたんだ。悲鳴をあげて倒れたりして。なんに驚いたのか知らないが、きみを通じてだと、驚きが増幅されて、こっちまでびくりとするぜ」

彼は気を落ち着かせようと、冗談めかして言った。亜矢子は何回か大きな呼吸をくりかえし、ソファーの上で身を起しながら言った。

「あたし、どうかしたのかしら」

「事情がわからないうちは、なんとも言いようがないよ。いったい、いまの電話、だれからなんだい」

「だれからだとお思いになる……」

「わかるものか。だれなんだ」

「あなただって、きっと、まさかとおっしゃるわ。前に事務所にいらっしゃった広川さんからよ」

「まさか……」

昭治は言った。それごらんなさいと指摘するのも忘れ、亜矢子はあたりをこわごわ見まわしながら、ふるえ声を出した。

「だって本当なのよ。たしかにあの人の声だったわ。それに、自分でもそうだと言っ

に死んだのだ……」

「そんなばかなこと、あるわけがない。きみも知ってるじゃないか。あいつは四年前

てたのよ。それから笑ったわ」

広川というのは、昭治のつとめ先のナグ開発コンサルタント事務所にいた男。頭は優秀でいい才能の持ち主でもあったが、社内での持てあまし者だった。無神経なところがあり、協調性に欠けていたのだ。

会議などの席上、他人の意見に対してけちをつけずにいられない性格。広川はふとって背が低く、厚いくちびるをしていた。その口から軽蔑《けいべつ》したような言葉をあびせられると、だれもいやな気分になる。

こちらのアイデアの欠陥を告げてくれるのはありがたいが、広川は自己の能力を誇りながらそれを言うのだ。冷静さは乱され、内心で反発の炎が燃えあがってくる。正面きってけんかがしにくいだけに、みなの反感は静かにひろがっていた。

広川をやめさせることができればいいのだが、仕事上での失敗はないのだ。それに大口の出資者のごきげんを取って信用をえているので、手も出せない。といって、他の全員がやめるには、いささか惜しい職場でもあった。表面に伸びるのを押えられた形の、みなの不満と反感は、地下に根をひろげ、それは大きくなる一方だったのだ。

そして、あの日になった。ある企業から依頼されたレジャー用モーターボートの試作品が完成した。新しい推進法により、高速で航行するボート。これまでのとちがい、波をほとんど立てず、揺れも少なく、音も出ない。氷上を滑るソリのような感じなのだ。

それの担当が広川だった。彼が責任者となって指揮をとり、試運転までこぎつけたのだ。じまんげにそれに乗りこみ、沖へむかって進んでいった。そして、そのまま。

広川は二度と帰ってこなかった。出発後、二十四時間がたって届け出がなされ、ヘリコプターが海上を捜索したが、ボートの姿は発見されなかった。遭難と推測され、事故として処理された。警察へ提出されたボートの設計図には、べつに不審な点もなかったのだ。

広川は海に消えた。事務所にはなごやかさがよみがえり、能率はあがり、仕事は順調に進み、業績も一段と発展した。みなの頭からは広川の印象がうすれていった。思い出して楽しいものではなかったのだ。

「あいつは死んだんだ。きみだって知っているだろう」

昭治は亜矢子に言った。当時は彼女もそこにつとめており、結婚したのはその一年ほどあとのことだった。亜矢子はうなずく。

「ええ、それは知ってるわ。でも、死体は発見できなかったんでしょ。だから、どこかに流れついて、生きていたとも……」

昭治は手を振って言う。

「死体は海へ沈んだのさ。万一、生きてどこかに流れついていたとしても、数年間も連絡なしでは生活できないよ。むかしなら可能だったかもしれないが、情報の時代だ。預金口座、クレジットカード、免許証、健康診断のデータ。それらなしでは、なにひとつできないじゃないか」

「だけど、記憶喪失になっていて、いまになって記憶がもどったということも……」

「記憶喪失という症状はいまもあるが、身元不明のままということはありえないよ。指紋や身体の特徴で、コンピューターはあっというまに解決する。かりに解決できなかったとすれば、ニュースになるはずだが、そんなこともなかったじゃないか」

「そうね」

亜矢子はその理屈だけはみとめ、またブランデーを飲んだ。しかし、なっとくした表情にはならなかった。昭治はグラスに残っていた緑のカクテルを飲みながら言った。

「きみの気のせいさ。五月の気候は妙な想像力をかきたてるようだ」

「ちがうわよ。あれが気のせいだなんて。あの話しかた、特徴のある笑い声、あれは本当に広川さんだわ」

「じゃあ、だれかがからかったのさ。いたずらかなにかだろう」

「でも、広川さんの口調を知ってるのは、事務所の人ぐらいなものでしょう。事務所の人で、そんないたずらをしたがる人、あるかしら」

「さあ、心当たりはないな……」

昭治は腕を組んだ。事務所の者にとって、だれも冗談にも広川を思い出したくない気分だった。彼は困った。亜矢子をムードでなだめることも、理屈で押えることもできそうにない。彼は言った。

「あした出勤した時、それとなくだれかに聞いてみるよ。いま、あれこれ考えてみても、なんの解決もえられない。睡眠薬を飲んで寝なさい。持ってきてあげる」

昭治は薬のびんを持ってきた。亜矢子のおびえ方が激しいので、薬の量をふやして与えた。彼女は水で飲み、ベッドに入った。時どき思い出したように、ふるえながら呼吸をくりかえしていたが、やがて亜矢子は眠りについた。

「なんということだ。妙ないたずらをするやつがいるものだ……」

昭治はつぶやき、ひとりでグラスを重ねた。広川のことを思い出すと不快になり、飲まずにはいられなくなる。しかし、いずれにせよ、やつは死んでしまったのだ。いいことだ。不良部分がなくなることは、組織体の生きる上にはいいことなのだ。広川の死により企業は順調になり、世の進歩にもそれだけ多くつくせたというものだ。

やつがボートの試運転で沖へむかう時、おれは無電機の部分を受け持って製作した。

内心むかむかしていたので、最終検査をいいかげんにやってしまった。昭治は少し反省した。だが、その反省は少しだけにとどまった。あれが事故のもとになったわけではないはずだ……。

追憶を中断するように、電話のベルが鳴りはじめた。起きているのは昭治だけで、彼が出なければならなかった。さっきのいたずら電話がまたかかってきたのだろうか。そうだとすれば、文句のひとつも言ってやらねばならない。

「もしもし」

昭治は受話器をとりながら、そばのボタンを押した。録音装置が動きはじめ、会話を記録する。後日の証拠の資料になる。

「やあ、しばらくだな。あはは……」

相手の声が言った。昭治はそれを聞き、自分の声がのどで止まるのを感じた。まさしく広川の声そのものだったのだ。しかし、勇気を出して問いかえす。

「どなたでしょうか」

「おれだよ、広川だよ」

「どちらの広川さんでしょう」

「おいおい、どちらのってことはないだろう。いっしょに仕事をしてた仲間にむかって……」

会話をくりかえすうちに、昭治は肩のあたりをつめたい手でさわられたような気がしてきた。やつの声だ。死んだはずの彼の声だ。昭治はさっき亜矢子をなだめたことなど忘れて、悲鳴をあげたくなった。声のふるえるのを押えながら言う。

「どなたか知らないが、からかわないでくれ。広川なら死んだのだ。この世には存在していないはずだ」

「それなら、おれはだれということになるんだ。自分では広川だと思ってるんだぜ」

「悪質ないたずらでおどかそうとしたってだめだ。声の質を似せる装置のたぐいなら、開発されているとかいう話だからな。本当に広川なら、その証拠を示したらどうだ」

昭治は自分をはげまして強く言った。ばけの皮をはいでやらねばならない。相手は答えた。

「いつだったか、みなで旅行したことがあったろう。その時に酒を飲みすぎて、きみはプールに落っこちた」

「その通りだが、そんなことなら、あの時いっしょに行った者はだれでも知っている。ごまかされないぞ」

「じゃあ、べつな話をしよう。きみが奥さんと結婚する前のことだ。おれが亜矢子さんになれなれしい行動をし、きみになぐられたことがあった。きみとおれしか知らないことだ。みっともなくて他人に話せることじゃないものな」

「なるほど、たしかにそんなこともあった。しかし、ぼくたちが結婚したのは、広川が死んだあとのことだ。きみが広川なら知らないはずだ」

と昭治は反撃をこころみた。

「ということはだね、おれは死んでないということになる。あはは……」

相手は笑い声をたてた。広川独特の笑い声。生きている時もいやな感じだったが、死んでいるはずの当人の声だ。あの世から伝わって聞こえてくるのだろうか。亜矢子が悲鳴をあげて倒れたのもむりはない。

昭治も倒れたくなるのをなんとかこらえた。好奇心だけが彼を支えていた。いったいこれはどういうことなのだ。本当に亡霊からの電話なのか。彼の口は意志と無関係に、勝手に声を出していた。

「なんの用なのだ」

「いや、なんとなくきみに話したくなってね。きみもおれに、なにか言うことがあるんじゃないのか。たとえば、だまっていたのでは気がとがめるといったことで……」

受話器から亡霊がいまにもあらわれそうだった。昭治の理性は乱れ、心は恐怖でゆさぶられ、一刻も早くこんなことからのがれたかった。彼は頭に浮かんだことを言った。

「ボートの試運転の時、無電機の検査が不充分だったかもしれない。だが、それがあの事故の原因となったわけじゃないだろう」

「あっはっは。そんなことか。いや、なるほど。あはは……」

笑い声はつづくのだった。昭治はがまんしきれなくなり、受話器をおいた。だが、笑い声は依然としてあたりを飛びまわっているようだった。

彼はウイスキーのびんを出し、それを飲んだ。何杯飲んでも、広川の幻影を追い払うことはできなかった。睡眠薬を飲む。なんとか眠りが訪れてきた時、電話のベルが鳴る。それが本物なのか幻聴なのかたしかめるため、昭治はもうろうとした頭でおきあがり、受話器をとる。

「もしもし」

「おれだよ、広川さ。これからそっちへ行こうか。いっしょに飲みたくなった」

「やめてくれ」

彼は受話器をおく。声というものはイメージを描く作用を持っている。広川の幻影があたりに浮かびあがった。昭治はボタンを押し、電話のベルが鳴らぬようにした。自動録音装置をも切った。つぎの日にまたあの笑い声を聞きなおす気にもならない。

彼は薬をもう一錠飲んだ。それから思い出し、ドアの鍵《かぎ》をたしかめた。死んだ広川が、いまの電話の言葉どおり、訪れてくるのではないかとの恐怖を感じたのだ。

窓の鍵もたしかめる。亡霊としたら、どこから侵入してくるかわからないからだ。

あたりを調べまわっているうちに、急に薬がきいてきた。彼はソファーに倒れ、そこで眠った。

だが、深い眠りではなかった。ベルの音が聞こえるようだし、広川の笑いつづける幻がそばにいるようだ。彼はうめき、亜矢子の名を呼んだが、彼女は起きてはくれない。悪夢がくりかえしくりかえし押しよせてきた。


つぎの日、昭治はおそく目ざめ、出勤した。彼にはめずらしく遅刻だった。会社についても、薬のききめが残っているせいか、頭がぼんやりしていた。同僚の顔を見ても、なんだかはっきりしないようだ。だれもかれも生気のないような表情に見える。

昭治は、昨夜の事件が気になってならない。自分ひとりの胸におさめておいては、いつまでもこの状態のままだ。彼はとなりの席の同僚に話しかけた。

「じつはね、気分がすぐれないんだ。きのうの夜、わけのわからない、とんでもない電話があってね……」

どこから話していいかわからず、彼はまとまりもなくそう口をきった。すると同僚が言った。

「なんだ、きみもか。ぼくもいま、それを言おうと思っていたところなんだ。おかげで、きのうの夜は眠るどころではなかったよ」

同僚の表情がぼんやりしていたのは、そのせいだったのか。昭治はふしぎがって聞いた。

「なんだかよくわからないが、なにかあったのか。こっちの事件とはだね、死んだはずの広川から電話がかかってきたことなんだ。そっちもそうなのか」

「そうさ。広川からだ……」

広川という言葉は、事務所のなかに波紋のようにひろがっていた。ここは幹部クラスの室。すなわち、広川を知っている者ばかりだった。だれかが言った。

「ぼくのところにも電話があったぜ。まさかと思ったが、なにしろやつにちがいない声さ。言うことも、やつでなくては知ってないはずのものだ。ぼくは一時的に錯乱状態になってしまった」

「どんな話をした」

「亡霊にとりつかれたのかと思ったよ。前からちょっと気になっていたんだが、あの試運転の時に、燃料の配合をいいかげんにしたことをあやまっておいた……」

みなはそれぞれ、昨夜の恐怖を語った。そして、その話のなかから、いままではっきりしていなかった事故の原因が浮かびあがってきた。各人の手抜きが重なりあって、あの事故が起こり、広川の死となったことが……。

ボートの設計に問題はなかったのだが、みなの内心における広川への反感が、それぞれの受持ち部分で手を抜かせることになったのだ。計器のメーターの接触をいいかげんにした者もあったし、船体のボルトの一本をゆるめた者もあった。昭治の場合は無電機の点検をいいかげんにするという形でだった。

べつに、直接に申し合わせてやったわけではない。各人の日常の嫌悪感が、たまたま機会を得て偶然に一致した。しかし、結果は申し合わせてやったのと同じことになった。そして、広川は海へ消えたのだ。

沈黙がしばらくつづいた。顔をみあわせたあと、だれかが言った。

「おれたちがよってたかって、やつを海へ沈めてしまったことになるな。しめしあわせたことでなく、やつにちょっとした失敗をさせようとしてだ。殺意はなかったにしろ、殺したことになるんじゃないのかな」

また沈黙がつづく。

「いや、やつの自業自得さ。みずからまねいた結果だよ。われわれにとっては、あくまで事故さ」

「しかし、法的にはどうなるのだろう。ただの事故ですむのだろうか」

「さあ……」

みなは眠り不足の顔をみあわせた。いままで考えもしなかった事実が公然となったのだ。もちろん、肯定する者はいない。しかし、内心では良心がうずき、罪におのののいているのだった。

そばの机の上で、電話のベルが鳴った。だれもがびくりとする。昨夜以来、みなベルに敏感になっているのだ。しかし、得意先からのビジネスの連絡かもしれない。だれかが応答しなければならぬ。近くのひとりが受話器をとった。

「もしもし」

「おはよう、広川だよ。みなさん、お集りだろうな……」

その声を聞き、電話に出た者はすぐにボタンを押し、高声スピーカーに切り換えた。自分ひとりで聞くのに、たえられなかったのだ。

「いたずらなら、いいかげんにしてくれ」

「いたずらじゃないよ。本人なんだぜ」

「やめろ。広川は死んだのだ。われわれに、なにかうらみでもあるのか」

その質問に広川の声は言った。

「おいおい、そんなこと聞くことはないじゃないか。こっちがなぜうらむかは、みなさんがた、いま理解したはずだが……」

「われわれは、いま忙しいんだ。あとにしてくれ」

「そうしてもいいよ。あとでかけなおす。きっとかけるからな。あはは……」

また笑い声。電話は切れた。

みなの青ざめた顔。悪夢のなかにいるような気分だ。笑いとばすことは、もはやできない。なにかの意図が秘められているような印象だった。みなは小声で話しあう。

「やはりあれは広川だ」

「とんでもない。やつは死んでいるよ」

「じゃあ、いまのはだれなんだ。ほかに、どんな仮定が立てられる」

「たとえばだな、彼は生存中に、みなを驚かそうと計画を立てていた。それがこうなってあらわれたとか……」

苦しい理屈だった。すぐ反論される。

「しかしねえ、やつには他人をびっくりさせるなんて、高級な趣味はなかったよ。それに生存中になんて言ったって、死を予期してなんかいなかったはずだ。まさかあんなことになるとはね。かりに予期していたとしたら、注意して死にはしなかったさ」

べつな者が思いついて、こわごわ言う。

「警察がさぐりを入れているのじゃないかな。それとも、やつの死に不審の念を抱いた知人が、私立探偵かなにかをやとって、調べはじめたのかもしれない。不意をついた巧妙な作戦だ。それにひっかかり、みなは昨夜、それぞれの手抜きをしゃべってしまった。手にのせられた形だな」

その説はみなの不安をかきたてた。そんなことで逮捕されたら、事務所の信用はいっぺんでなくなってしまう。反論しなければいられない気分だった。

「しかしねえ、あの声はどうなんだ。それに彼の体験、性格、みなそっくりだったぜ」

「声は録音がどこかに残っていれば、そっくりに再生できないこともない。体験については、情報銀行の個人用口座に残っていただろうさ。そのデータと、他の人びとの口座の広川についてのデータを組み合わせ、分析を精密にやれば、性格も再現できないことはない」

その説明を聞き、ひとりはうなずく。

「なるほど、そうなると不可能とはいえないな。個人の生存とは、独自の体験情報、独自の性格、独自の行動、それらの集合のことといえる。それが生存なら、広川は生存しているということになるな。行動といっても、この場合は声だけだが、電話での会話という限りにおいては、生存しているのと同じことだ」

生と死の境がコンピューターでぼかされたことに感心している。ほかの者が言った。

「おいおい、生と死の意味について考察をやっている場合じゃないぜ。われわれにとっての問題は、どうすべきかだ。かりにいまの方法が可能としても、だれがやったのかだ。普通の者には、個人情報をそれだけ集めることはできない。警察や私立探偵にもできないだろう。万能の鍵《かぎ》でも持っていなければむりだ……」

「ありえないはずだな……」

みなはまた身ぶるいした。昨夜の電話をはじめて聞いた時より、さらにいやな感じだった。亡霊なら消えるだろう。しかし、亡霊ではなさそうなのだ。目には見えないが、どこかに存在している相手なのだ。そいつは死者をよみがえらせ、みなの弱点をつきとめた。なんのために、だれがそんなことをはじめたのか……。

また電話が鳴った。高声装置がさっきのままなので、会話がみなの耳に入る。広川の声が言った。

「電話をかけなおしたぜ、約束どおり」

「いったい、なんの用なんだ。用件はなんなのだ」

「いいぞ、やっと話に入れそうだ。こっちの要求に従ってもらいたい。いやとは言えないはずだ。この事情をマスコミと警察に流されても平気なやつは、いないだろう」

「なにがほしいんだ。金か……」

おそるおそるの質問に、広川の声が言う。

「そんなものはいらん。要求は二つだ。そのひとつ。この件について、これ以上とやかくせんさくしないことだ。どうだ」

「承知した。もうひとつはなんだ」

「ほっとするのは早い。もうひとつのほうが重要なのだ。内密にある装置を開発してもらいたい。電話の受話器の改良だ。自白剤の霧がそっとわきあがり、受話器をにぎっている者に作用するというしろものだ」

「そのような品は……」

「いやとは言わさないぞ。そこの機能をもってすれば、できるはずだ。完成したら、その納入先をいずれ指示する。早くなしとげるのだ。それとも、断わる気か。反対の者がいたら、そう言ってもらいたい……」

しかし、だれも反対の声は口にしなかった。

ある願望

ソファーにねそべっていたその男は、おぼつかない足どりで室内を横切り、キッチンに入った。グラスを片手に、壁の金色をした小さな蛇口をひねった。ウイスキーがちょろちょろと流れ出し、グラスを半分ほどみたしてとまった。自動的にとまったのではない。内部の貯蔵タンクがからになったのだ。

それでも彼はみれんがましく、そのままの姿勢をしばらくつづけた。しずくが少しばかりたれたが、グラスの水位はあまりあがらなかった。男はあきらめ、水道の水を加えてグラスを一杯にした。

彼はそれを持ってソファーに戻り、急いで一口すすり、あとはゆっくり飲みながら、窓のそとをながめた。ここはメロン・マンションの六階の一室。小さな部屋だ。男は四十歳だが独身。ここにひとりで住んでいる。

いまは六月。そとではずっと雨が降りつづいている。一年のうちで最も気分の沈む月ではないだろうか。そう彼は思った。そして、いまは午後の四時。一日のうちで最も気分の沈む時間ではないだろうか。彼はそうも思った。だが、それは酒がもうなくなったということからの感じかもしれなかった。

低くたれこめた雲から雨は降りつづき、緑の濃くなりかけている草や樹の葉をぬらし、地面の上をあちらこちらへと流れる。どこもかしこも水にぬれている。そして、水たちはふたたび、葉の表から、葉の裏から、地面から、建物の外側から、いたるところから蒸気となってたちのぼり、雨滴とすれちがいながら雲へと戻ってゆく。

雨季は水だけの世界。なにもかも水びたしになる。湿気は人の心にもしのびこみ、それを暗い雲のごとく不活発にする。

「面白くないな……」

男はいい、グラスを勢いよくあけようとしたが、残りの少ないことに気づいて、しばらくためらった。

彼はずっと景気がよくなかった。芸能エージェントのようなことをやっていた。かつては人気歌手を何人か所属させ、はぶりのよかった時期もあった。あれは何年前のことだったろう。ずいぶん前のことだったし、アル中になりかかっている彼の頭には、それがはっきり思い出せなかった。

だが、忘れてしまうことはできない。生活があわれになるにつれ、記憶のなかでかえって鮮明になってくる。きっかけがあり運がまわってきさえすれば、また金まわりがよくなるさ。いつもそう思っている。時どき彼は企画をたて、なにかをはじめる。

しかし、利益をあげることは、ほとんどなかった。

利益をあげる時があったとしても、それは酒となって彼の体内に消える。こんなぐあいだから、生活はいっこう安定しなかった。酔いがさめると人生が不安になり、酔いのなかに閉じこもりつづけると、生活はますます不安定になってゆく。悪循環とわかってはいるのだが、どうしようもなかった。

電話のベルが鳴った。男が受話器をとると、相手は言った。

「こちらは銀行の消費者サービス口座の係でございます」

「どんな用件でしょうか」

「ウイスキー代金の請求書が、マーケットからこちらに回ってきました。しかし、あなたさまの口座にはその金額がございません。いかがいたしましょう」

「いちおう払っておいてくれないか」

「そうはまいりません。当行はあなたさまから、担保をお預りしておりません。二十四時間だけお待ちします。それが過ぎたら、請求書はマーケットに送りかえします」

そうなると、支払い口座は取り消されてしまうのだ。小切手もクレジットカードも、彼はすでに使えなくなっている。この口座までなくなったら、すべての買物を現金でしなければならなくなる。

「なんとかしますから、少し待って下さい」

男はたのんだ。銀行の係は事務的な口調で承知し、電話を切った。彼に不安が襲ってくる。現金での買物は不便であり、みっともない。それよりもなによりも、まず酒に不自由してしまう。それは恐怖だった。酒のない状態に耐えられるかどうか、まるで自信がなかった。

なにはともあれ、銀行へまわってきた酒代の請求書の処理をしなければならない。さし迫っているのだ。人生の計画を、根本的にたてなおす精神的な余裕はない。あわただしい事態なのだ。とりあえず、だれかから金を借りなければならない。

男は友人のひとりに電話をかけ、あいさつをした。

「このところごぶさたをしてしまって。雨が降りつづいて、いやな天気だが、仕事のぐあいはどうです……」

「まあまあだな……」

友人は警戒するような声を出した。しかし、男にとって、そんなことにためらってはいられない。話を進めた。

「じつはね、金を貸してもらえないだろうか。少しでいいんだ、すぐ返すよ」

「だめだよ。いままで何回も貸したが、みんなそのままになっているじゃないか」

「そういわないで、たのむよ。助けてくれ。友だちと思って、なんとか……」

恥も外聞もなく、彼はたのんだ。しかし、友人は冷静な応対。

「そんな一時しのぎじゃだめだよ。友情がないわけじゃない。前にも忠告したろう。酒をやめるんだよ。自力でむりなら、公営のアル中療養所を利用すればいい。そうすれば、責任をもって就職を世話するよ。いいか、それがきみ自身のためでもある」

「そんなことといわずに、たのむよ。いま、いい企画があるんだ、それさえ当れば……」

と男はでまかせを言った。しかし、もうその言葉もききめを発揮しなくなっている。

「そんな夢を追っていたら、苦しくなるばかりだ。悪いことは言わない。ぼくの忠告に従うべきだよ」

「それはわかっているよ。だめかなあ。そのうち決心をかためて、きみのところへうかがうとするよ」

男はあきらめ、ぶつぶつ言って電話を切った。それから、べつな友人に電話をしてみた。だが、だれも同様な答え。なかには、声を聞いただけで自動応対器に切り換え、居留守を使ってしまう者もあった。収穫はなく、それで終りだった。金についてたのめる友人は、ほとんどいなくなっていたのだ。

「友だちがいのない、ひどいやつらばかりだなあ……」

男はがっかりした口調でつぶやいた。他人をうらむのが筋ちがいであるとはわかっている。だが、どうすればいいのだ……。

じわじわと不安がわきあがってきた。酒がきれ、酔いのさめることへの恐れだ。それと戦いつつ金のつごうをつけるのは、至難のわざだった。金よりもさらに切迫しているのが酒なのだ。なによりもまず、これを解決しなければならない。

男は考え、せっぱつまってひとつの案を思いついた。彼はひげをそり、服の乱れをなおした。大きなグラスを手にしかけたが、それをやめ、からの酒びんを持った。そして、ドアから出てとなりの部屋のベルを押した。応対に出たそこの夫人に言う。

「となりに住んでいる者です。すみません、酒を出す蛇口がこわれちゃったのです。友人が来ているんですけど、そんなわけで飲めない。お酒を少し貸して下さい。あすにでもおかえしします」

「それはお困りでしょう。どうぞ」

顔みしりであり、なんとかひとびんの酒を手に入れることができた。はたしてあす返せるかどうかはわからないが、それはあとで考えればいい。

酒は高級で、いい味だった。男は不安を少しだけ先に追い払った。彼はほっとし、酔い、悩みはうすれていった。金銭をつごうすることなど、どうでもいい気分になった。

「ああ、おれはだめな人間だ……」

そう口にしてみる。事実そのとおりなのだが、あまり実感はともなわなかった。酒の魔力。ソファーにねそべり、小声で歌う。

床の上をアリがはいまわっていた。アリの出る季節になったんだな。男はどうでもいいことを考える。それにしても、アリはよく働く。ビルのこんな上の階まであがってきて、どこからともなく部屋に入ってくる。どういうつもりで、そう働いているんだね。そんなことをぶつぶつしゃべってみる。そんなあくせく働くこともないじゃないか。まあ、一杯飲めよ。男は気まぐれで、ウイスキーの一滴をアリにたらしてみたりした……。

また電話が鳴りだした。彼は立ちあがる。

「やれやれ、どうせろくな電話でないにきまっている。金をかえせだの、支払えだのという催促だろう。もっとも、こっちからかけるのも、金を貸してくれの話ばかりだ。まったく、ろくでもない機械だな、電話というものは。いい話ばかりがぞくぞくとかかってくる電話というやつを、だれか開発してくれないものか。科学の時代だぜ……」

男は酔い心地で、しばらくベルを聞いていた。応答するのは、あまり気が進まぬ。しかし、さっきの友人の気が変り、金を貸してもいいという話になったのかもしれない。酔うと彼は楽観主義者になるのだ。

「はい。どなたです」

男は陽気に言った。相手の声が言う。

「いいか。おまえの願いをかなえてやるぞ」

低い男の声だった。とらえどころのない口調で、そっけなく言ったのだ。男は聞きかえす。

「なんだと。おかしなことを言うやつだな。ひとをからかうのは、ほどほどにしたほうがいいぞ。それとも酔ってるのか」

「酔っているのは、おまえのほうだろう。いいか、もう一回くりかえしてやる。願いをかなえてやるぞ」

相手は口調を変えずに言った。普通の人なら、ぶきみに感じただろう。しかし、彼はいい気分だったし、やけぎみでもあり、どうなろうとこわいものはなかった。

「なんだかしらないが、ばかげた話だな。悪魔が魂を買いにきたのだろうか。そんな物語を読んだことがある。それが現実に起ったのかな。いや、ありえないことだ。酒でこっちの頭がおかしくなったせいかな」

男がぶつぶつ言うのを、相手はさえぎった。

「返事はどうなのか。断わるのならそれでもいい」

「いえいえ、お願いしますよ。こうなったら、魂だろうがなんだろうが売ってしまう。

売り得にちがいない。ひとつ、お金のつごうをしていただきたいものですな。多ければ多いほどいい。もっとも、そういうことがおできになればの話ですがね……」

「わかった。では、また連絡をする」

あっさりした返事とともに、電話は切れた。男は肩をすくめた。

「なんだ、いまのは。だれかいじの悪いやつが、金に困っているおれをからかったのだろうか。しかし、手数のかかるいたずらだ。ごくろうさまなことだな……」

彼はまたソファーに戻り、ねそべった。夜になっていたが、窓のそとでは雨が降りつづいていた。ガラスに当たる雨の音を聞いているうちに、彼は眠った。いやな夢も見ずに……。

つぎの朝はいい天気だった。このところつづいた雨が、きれいに晴れあがっていた。電話のベルが鳴っている。その音で男は目をさました。ねむけが去り頭がはっきりするにつれ、後悔の念がふくれあがる。金のつごうをしなければならないのだ。それなのに、昨夜を無意味にすごしてしまった。こうしておれはだめになっていく。やはり酒はやめるべきかな。友人の忠告に従わなくてはいけないようだ。目ざめるたびに、いつもこの思いで胸が痛くなる。

受話器をとると、相手の声が言った。

「銀行の消費者サービスの口座の係でございます」

「あ、申しわけありません。もう少し待って下さい。夕方までには必ずなんとかするつもりです。当方にもいろいろ事情が……」

と男は恐縮した声を出した。しかし、意外な返事があった。

「お電話いたしましたのは、ご報告のためでございます。口座に入金がございました。昨日の請求書の件はそれで決済がつきましたので、それをお知らせいたします」

「なんですって、本当ですか」

男は叫んだ。入金したおぼえはない。

「はい、さようでございます。金額は……」

それを聞き、男は目を白黒させた。一年間はゆうゆう遊んで暮せるほどの金だ。わけがわからずだまっていると、銀行の人はそれで話を終りにした。

男はせまい室内を呆然《ぼうぜん》として歩きまわり、またソファーに横たわった。びんに残っている酒を飲み、いくらか人心地になった。頭も働きだした。

これは、どういうことなのだろう。たしかにきのうと同じ銀行の係の声だった。銀行がでまかせを言うはずはない。それでも彼は、もう一回銀行に電話をかけ、たしかめた。やはり事実だった。本当だったのだ。

男は窓のそばに立ち、そとを眺めた。青空からの日光は、みどりの樹々を照らし、すべてが新鮮だった。すがすがしさ。頭上にのしかかるような重い雨雲も、きょうはない。しめりけは蒸発し、上昇して消えてゆく。

彼の心もそんな感じだった。内部の悩みが徐々に軽くなってゆく。入金の現実をなっとくするにつれ、当然のこととして、きのうの正体不明の電話の主のことが頭に浮かんでくる。偶然の一致ではない。関連のあることは疑いない。しかし、だれなのだろう。なぜ、こんなことを。どうして、おれのために……。

まるで見当がつかなかった。心当りはない。そんな親切な友人のいるわけがなかった。まあいいさ。彼はだれともしれぬ相手に対し、感謝の乾杯をした。こんなにころよく酒を飲むのは、何年ぶりだろう。いつもは不安をごまかすために飲むのだが、今回はちがうのだ。それだけに妙な気分だったが、うれしいことであり、悪くないことなのだ。

やがて、また電話が鳴りだす。

男はもはや、びくつくことはなかった。調子のいい声で応答する。

「いよう。どちらさま」

「どうだ。願いはかなったろう」

きのうの、なぞの声だった。恩着せがましい感じもなく、平然とした話し方。しかし、彼のほうは感情のあふれる声でお礼を言った。

「ああ、なんと申しあげたものやら、ありがたさで胸が一杯でございます。お目にかかって、感謝の気持ちを示したいと思います。どなたさまでしょうか。ぜひ、お名前を……」

「こちらのことなど、どうでもいい。どうだ。もっと願いをかなえてやるぞ。言ってみろ」

「本当でございますか。あなたさまのおっしゃることでしたら、たしかでございましょう。ご好意に甘えるようですが……」

あまりの意外さに、男はなにを言ったものか、とっさに思いうかばなかった。そのため、しごく平凡な言葉になった。

「……できれば、美しい女性でも」

「わかった」

電話は終った。男は微笑し、いい気になるべきではないと自戒しながらむずかしい表情をし、また微笑した。楽しさがこみあげてくるのだ。いまの電話の予告。実現についての根拠はなにもないのだが、心は期待であふれてしまう。

彼は電話で酒を注文した。やがて配達される。支払い口座は健在で、そこに問題は残っていないのだ。

みずみずしい緑の広場を見おろしながら、窓のそばで飲みつづける。新しい人生の計画でも練るとするかな、と男は思った。しかし、それはゆっくりでもいいことだ。

急がなければならない理由はない。それに、さっきの電話の主の言葉が本当なら……。

部屋の入口でベルの音がした。

男が立っていってあけると、そこに若い女がいた。彼は驚きはしたが、当然のことだとも思った。なかへ迎え入れる。

「いらっしゃるとわかっていましたよ。さあ、いっしょに飲んで楽しくやりましょう。ひとりで飲むより、ふたりのほうがどんなにいいことか……」

「でもあたし、あんまり飲めないのよ」

と女が言った。若々しく純情そうだった。それでいて人をひきつける魅力もある。

女は室内を見まわし、散らかっているものを片づけ、器具を使って掃除をした。その動作もまた感じがよかった。

「これで少しはよくなったわ。お酒の用意、あたしがしてあげるわ」

室内の雑然さ、アル中の男の一人ぐらしのムードが一掃された。整理がすみ、女は電話をかけて材料をとりよせ、料理を作った。

午後の時間は楽しく過ぎていった。きのうの今ごろを考えると、あまりの変りよう。男の心を時たま、信じられないといった思いが横切る。

「どうも夢のような気がしてならない」

「そんなことないわ。現実じゃないの」

「いったい、きみはどこから来たんだい。なぜここへ来たんだ……」

男は聞く。女は、その質問への答えははぐらかしてしまう。

「そんなこと、どうでもいいじゃないの。それとも、これじゃあ不満だとでもおっしゃるの」

そして、また陽気に歌いはじめる。男もくどくは聞かなかった。よけいなことは聞かないほうがいいのかもしれない。幸運をへたに突ついて、だめにしたらもともこもない。楽しければ、そんなことはどうでもいいことだ。

夜になり、空の星は美しかった。雨で洗われ、空気がすきとおっているからだろう。室内をステレオの音楽でいっぱいにし、ふたりは飲み、さわいだ。こんなこと、何年ぶりだろう。男は解放感を味わった。景気のよかった過去の思い出が、ここによみがえってきた気分だった。

夜がふけ、女は帰っていった。また来るわと言って出ていった。そのあとも、彼はひとりではしゃいでいた。いつまでも、ずっとこのにぎやかさをつづけたかった。よし、あしたは友人たちを呼び、いままでの不義理のおわびをかねて、大いにさわごう。

電話がかかってきた。

「おい、願いはかなったろう」

またも、あの声の主だ。

「はい。ありがとうございます。まったくじつにすばらしい女性で……」

「ほかにも、かなえてもらいたい願いはないか」

「ほ、本当でございますか。できましたら、地位がいただきたい。金と女だけでは、いかにも安っぽいのです」

と男は言った。三回目ともなると、図々《ずうずう》しい心境になっていた。といって、辞退しなければならない理由もないのだ。しかし、相手の声は立腹の感情もなく、例の事務的ともいえるそっけない口調だった。

「わかった」

電話は切れる。男はいい気分で横になった。そして、この幸運の訪れてきたわけ、あの声の主について、あれこれ想像してみた。大金を気前よく動かす力を持った者、美しい女にここへ来るよう命じる力を持った者。しかし、そんな人物がこの世にいるのだろうか。まるで手がかりがつかめなかった。しかも、なぜ自分のような人間が選ばれてこうなったのか……。

そのうち眠り、あとは夢になった。夢のなかで男は王子さまになり、幸運の神に会った。しかし、幸運の神の顔にはベールがかかっていて、どんな表情なのか見ることはできなかった。

そのつぎの日も晴れていた。午前の明るさのなかで電話が鳴った。男は受話器をとる。むこうの声が言った。

「こちらはマーキュリー芸能財団でございます」

大きな劇場をいくつも持ち、世界的な活動をしている組織のことだ。なにかの問い合せだろうか。仕事をまわしてもらえるのだったら、どんなにいいだろう。彼は緊張して言った。

「はい、どんなことでしょうか」

「じつは、運営役員会議におきまして、あなたさまが企画局長の第一候補にきまりました。ご承諾のお気持ちがおありかどうか、内々でうかがっておきたいと思いまして……」

「なんですって、わたしが局長にとは。どうしてそんなことに……」

「役員たちの意見でございます。それ以上のことは、わたくしにはわかりません。もしご承諾のお気持ちでしたら、当方はその方針で進めます。しかし、正式な決定までは内密に……」

「わかりました。もちろん承諾しますよ」

男はますます楽しかった。運がむいてきたというわけだ。おれの才能をみとめてくれる人たちが、世の中にいたのだ。才能はあるんだ。真価を発揮できるような立場におかれれば、すばらしいことをやってみせる。おれはそういう人間なのだ。

その日、きのうの女はやってこなかった。しかし、男はそんなことはどうでもよかった。局長の地位への話は、さらに喜ばしいことだった。うきうきした気分で、祝杯をあげつづけた。

翌日は曇っていた。青空はごく少なくなり、雨はまだ降りはじめていないが、太陽の光は見えなかった。

昼ちかく、電話がかかってきた。

「こちらは信用調査会社でございます。ちょっとおたずねしたいことがございます。あなたは急に景気がよくなられたそうで、その事情をお教えいただきたいのです。もちろん、おさしつかえがありましたら、お答えいただかなくてけっこうでございます」

「うむ、それは簡単には言えないな」

「けっこうでございます。ついでですけれど、もうひとつ。最近ご交際をはじめられた女性について、できましたらお名前でも……」

「それは答えられないなあ」

事実、説明のしようがないのだ。調査会社の人はあきらめて電話を切った。男はちょっと、いやなものを感じた。相手はいまの答えをどう受取ったろう。誤解されなければいいが。

なにか不安になり、それをまぎらそうと酒を飲んでいると、ドアのベルが鳴り、出てみるとこのビルの管理人だった。中年のまじめそうな人物だ。こんなことを言う。

「若い女のかたがおいでだそうで……」

「このあいだひとり遊びに来たよ。しかし、なんでそんなことを……」

「わたしの事務所へ来て、そんなことをしきりに聞いていった人がいましたのでね。なんでしょう。刑事かなにかじゃないですか」

「しかし、なぜ刑事と……」

「女の帰るのを見た人はいるかなんて聞いてましたよ。いいですか、犯罪のたぐいは困りますよ。変なうわさも……」

「とんでもない」

男は強く言い、帰ってもらった。不安がまた大きくなった。おれが金に困っていたことは、友人たちを聞きまわったらすぐわかることだ。あの女がやってきたことも、ビルのなかで見たと言う者が多いだろう。そして、急に景気がよくなったらしいとも……。

それらを結びつけると、どうなる。犯罪めいたものがひそんでいるとの印象を抱く人だって出てくるだろう。結婚詐欺、さらには殺人などと……。

男は背中に、つめたいものを感じた。さっきの調査会社のやつが、念のために警察へ問い合せたのかもしれない。彼は自分の立場を考え、身ぶるいした。そんなことはないとの反論ができないのだ。願いをかなえてやるとの電話、それと原因不明の入金、さらに申し出たら美女が訪れてきた。名前を聞きそこね、いっしょにさわいで帰っていった。こんな説明を、だれが信用してくれるだろう。疑いを深める役に立つだけではないか。

つじつまのあう形にするには、どうしたらいいのだろう。どうにも他人をなっとくさせる構成の方法がない。警察で取調べられるかもしれない。そこであやふやな答えをすれば、ますます嫌疑が濃くなる。では、どうすればいい……。

男は酒を飲んだ。だが、その不安は消えなかった。気が小さい性格で、想像は悪いほうへと進む。あの女がやってきてくれればいいのだが、いくら待ってもあらわれなかった。名前も住所もわからず、こっちからはさがしようがない。

「どうなるんだろう」

つぶやき、酒を飲む。不吉な運命が近よってくるようだ。それを押しとどめようと、彼は酔いをめざした。なにもかも忘れてしまいたい。

また電話がかかってきた。

「地位の件の話はあったろう」

例の声だった。地位という言葉の重さを知らないようなそっけない声。男はいった。

「それどころではありません。ひどいことになりそうです。へたをしたら警察につかまり、裁判にかけられることにもなりかねません。あなたのせいだ。あの金、あの女、とんでもないことになりそうです」

「願いどころではないというわけか」

「そうですよ。なんとかしてください。変なことに巻きこまれたくない。お願いです」

「よし、わかった。金も女も知らないと言え。問題のないよう処理してやるぞ」

「よろしくたのみますよ」

電話は終わった。そして、例の声の電話はもはやかかってこなかった。それからずっと。

雨はまた降りはじめた。暗い低い雲が空にひろがり、雨は降りつづけた。あの女はもはや訪れてこなかった。男は芸能財団に電話をしてみた。その返事はたよりなかった。そのようなことは知らないという。調査会社からの信用報告により、不適とみとめられたのだろうか。男はそうも想像し、はじめから幻のような話だったのかとも思ってみた。

銀行からは請求書の連絡があった。口座には大金があるはずだと聞きかえしたが、そんなものはないとの返事。出かけていって交渉しようにも、入金の立証のしようがないのだ。すべては以前の状態に戻ってしまった。

男は残り少ないグラスの酒をなめ、ソファーにねそべり、することもなく床をはいまわるアリをながめる。このあいだ、アリにウイスキーをたらしてみたな。アリはどう思っただろう。

男はぼんやりと思うのだった。この数日の事件。自分がアリであり、だれかがウイスキーをたらしたようなものじゃないのだろうか。反応を調べたいという、気まぐれなこころみ。いったい、それをしたのはなんなのだろう。しかし、とてつもない大きな存在としか想像できない。だれかに話してみようか、それはやめたほうがいいだろう。アル中のせいにされるにきまっているのだ。

そして、また羨望《せんぼう》と嫌悪の念で考える。あんな電話が、いまごろはどこかの家にかかっているのではないかと。

7

重要な仕事

青空にむかって入道雲が高くふくれあがっていた。七月という純粋な夏の日をあび、雲は若々しく輝いている。天空に静止した巨大な爆発といった眺めだった。

戸外では太陽からの熱線があたりに飛びかい、ビルに当たってそれを燃えたたせ、草木に当たってそれに鞭《むち》うって生長をうながし、噴水の水滴に当たってそれを虹《にじ》に変え、蒸気に変えている。夏の午後そのものだった。

しかし、それも室内にまでは及んでこない。窓の特殊ガラスは暑さをさえぎり、なんとか飛びこんできた熱線も、冷房装置によってたちまち手なずけられ、おとなしくさせられてしまうのだ。

ここはメロン・マンションの七階の一室。湿度の少ない冷えた空気が静かに流れ、さわやかな空気を保ちつづけている。

ひとりの少年が机にむかい、ティーチング・マシンで勉強をしていた。スクリーンに画像があらわれ、説明と質問の声がし、それに答え、ボタンを押し、訂正がなされ、首をかしげ、うなずき、画像が変って声がし……。

その少年はおとなしい性格で、どちらかといえば平凡な外見だった。しかし、知能がおとっているわけではない。ティーチング・マシンを相手に何度もくりかえせば、着実に頭に入ってゆくのだ。自分でもそれを知っている。だから、すでに夏休みに入ってはいるのだが、こうやって勉強をつづけている。

少年の父は出勤していたし、母はある会合のため都市の中央部に出かけていた。家にいるのは少年ひとり。気が散らないためか、勉強はいつもより進むようだった。

少年はやがて机を立ち、キッチンへ行き、冷蔵庫からひえたジュースを出して飲んだ。それから、長椅子にかけ目をつぶった。頭を休めようというのだった。

しかし、眠くもならない。なにか考えてみようかなと思い、そのあげく少年の口からひとりごとが出た。

「いまの世の中でいちばん重要な仕事って、なんだろうな」

成人し常識のそなわった者は、そういうことをあまり考えない。素朴な疑問を提出し、その検討に熱中する。少年期の特権であり、娯楽なのだ。他人が見おとしている偉大な真理に触れているようで、刺激的な快感が味わえる。しかし、まとまった結論に達することはあまりなく、たいてい途中であきてしまうものなのだが……。

ぼくはコンピューターの普及した、このような時代に生まれてしまったんだ。少年はまずそう考えた。議論はここから出発させなくてはならない。

コンピューターにできないことをやる才能。それは重要なことのひとつだろうな。となると、芸術だろうか。ここまでは、すらすら考えることができた。まだまだ当分のあいだ、コンピューターが芸術作品をうみだすことは不可能だろう。もしかしたら、ずっと無理かもしれない。

しかし、その結論はさほど少年を満足させなかった。彼は自分に芸術的な素質があると思っていなかったのだ。もっとべつな答えがほしかった。ほかのほうに思考をのばしてみよう。コンピューター社会のなかでは、どんな仕事が重要なのだろうか。

少年は考えこみ、とまどった表情をした。よくわからなかったのだ。社会のしくみは複雑であり、彼の知識ではあつかいきれない感じだった。社会生活の体験もなく、どこから手をつけたものか見当もつかなかった。

それでも、少年はしばらくあれこれと思いにふけった。だが、依然としてなんのまとまりもつかなかった。少年は立ちあがりながら言った。

「わからないな。もっと世の中のことを知ってからでないと、だめなんだろうか。解答は、ひとまずおあずけだ。それにしても、少し暑いなあ。熱でも出たのだろうか」

彼はひたいに手を当てた。体温計をさがそうとし、部屋のすみの戸棚をあける。そこで少年は不審げな表情になった。いつもなら戸をあけると同時になかの照明がつくはずなのだが、いまは暗いままだったのだ。電球がきれたのだろうか。

彼はそばのスイッチをひねってみた。部屋の天井の照明がつくはずなのだが、それもまたつかなかった。ティーチング・マシンの机に戻ってボタンを押してもみたが、画像も声も出てこなかった。

「電気がこなくなっちゃったんだな。さっきから暑い感じがしていたのは、冷房がきかなくなったためなんだろう。だけど、こんなことってはじめてだなあ」

少年はどうしたらいいのかわからなかった。故障をなおすのは、どこへたのんだらいいのだろう。彼は電話機のボタンを押し、電気サービスセンターへかけてみた。すぐに答えがかえってきた。

「ただいま広い範囲にわたって停電中で、ご迷惑をおかけしております。原因については、至急調査中でございます。なるべく早く復旧させるよう、努力中ですので……」

もっとくわしく知りたいと思ったが、相手はこの文句をくりかえすばかり。テープ録音が回転しているのだろう。三回くりかえしてから「回線がこみあっておりますので、お早くお切り下さい」との注意の声がわりこんできた。彼は電話を切った。停電であることはわかったのだ。

室内の温度はしだいにあがりはじめていた。汗がにじみだしてくる。室内で汗を流したことは、少年にとってこれまでになかった。はじめての体験。はっきりと指摘はできないが不安だった。それをまぎらそうと、無意識のうちにテレビのスイッチを入れ、気がついて苦笑した。テレビも沈黙したままだった。いつもはにぎやかさを泉のごとく出しつづけてくれるのに。

少年はそわそわし、あたりを見まわした。こちらの意志によって周囲が静かなのは好ましいことだ。しかし、いまはそうでない。いかに呼びかけても、まわりの装置たちは眠ったままなのだ。無礼さをひめて人間を無視しているようでもあった。

彼は室内をうろつき、小型ラジオというもののあったことに気づいた。ラジオのスイッチを入れる。かすかな音がした。

〈ただいま停電中です。室内が暑くなりすぎたら、窓をおあけになってください……〉

そんな注意をくりかえしていた。原因についての説明はなかった。もっと大きな音にしたかったが、ダイヤルを一杯にまわしてもだめだった。電池が弱まっているのだろうか。それとも、停電で非常用の電源が使われ、発信電波がいつもより弱いためだろうか。

どこからともなく暑さがじわじわとしのびこんできて、温度はさらにあがった。少年はラジオの指示を思い出し、窓をあけた。そとの空気もむっとするものだった。風が流れこんできてはくれたが、それは湿気もともなっていた。肌はべとつき、こころよいものではなかった。

窓からは騒音も流れこんできた。人びとの話し声。少年は広場を見下した。そこにはかなりの人がいて、右往左往していた。こんな光景もはじめてのものだった。暑い日盛りに大ぜいが集るなど、予想もされなかった。

だれもが汗をぬぐいながら、落ち着きなく話しあっている。話しあうといっても、みな質問をする一方で、答えているらしい人はいないのだ。不安をどう処理していいのか、持てあましているようすだ。

夕刻ちかい時刻。調理機が動かず、夕食の用意をどうしたらいいのか困っているらしい婦人。ラジオのない家、あっても電池がきれている家も多いのだろう。室内にいて、ひとりでただ待つのが心細いのだ。赤ん坊の泣き声。面白がってかけまわる幼い子を呼ぶ、かん高い声。

そのほかさまざまな声が、ざわめきとなって立ちのぼってくる。窓をあけてそれを耳にした人は、かり出されるように外へ出て、広場の人たちに加わる。広場とは、こんな時にこんな役を果たすのだな。少年はそう思った。

ぎゅうづめの自動車がとまり、それからおりた人も人ごみに加わる。地下鉄もとまっているのだろう。汗まみれになって歩き、やっとここへ帰りついた人もいるようだ。まわりの人たちから、都市の中央部のようすを何度も質問されているらしい。原始的な情報交換の形だな。少年はいつか学んだことを、ふと思い出した。

暑さはつづいている。陽は傾き、ビルの影ものびてはいるが、熱気を吐き出す地面は、さらに温度を高めているようだ。ざわめきは、わきたつ液から立ちのぼる湯気のよう。涼しさをおびたものは、どこにも見あたらなかった。

部屋のすみで、電話のベルが鳴りはじめた。少年はほっとしたように受話器をとった。それは外出中の母親からだった。こう言っている。

「そちらのようすはどう……」

「電気がとまっちゃって、なんにもできないけど、心配するほどのことはないよ。そのうちなおるんでしょ」

「うちでじっとしているんですよ。さわぎに巻きこまれたりしないようにね」

母親の声は緊張していた。外出さきのそこでは混乱が起っているのかもしれない。どうなのだろう。少年はくわしく聞きたかったが、電話は終ってしまった。自宅で少年が無事なのを知って、それで母親は安心したのだろう。あるいは、電話をかけたい人がそばにいて、せかされて切らざるをえなかったのかもしれない。

母との電話で、少年の心からいくらか不安がうすれた。また、まもなく父親からも電話がかかってきた。つとめ先の仕事を装置なしで片づけなければならないので、帰宅がおそくなるとのことだった。

いちおう安心すると、空腹を感じはじめた。いつもの習慣で冷蔵庫をあけてみたが、そとと同じあたたかさがみちていた。ジュースを口にしたが、なまぬるさが口にひろがっただけで、おいしくなかった。料理をしようにも調理機が動かず、少年はビスケットを何枚か食べ、それであきらめた。

少年はまた、長椅子にからだをのばした。背中が汗でべとつき、いやな気分だった。涼しさがなつかしくてたまらなかったが、いまはどうしようもなかった。なるべくからだを動かさず、彼はさっきのつづきを、ぼんやりと考えた。世の中で最も重要な仕事は、このような故障を起させないことかもしれないな。こんな重要なことはないだろう。しかし、重要な仕事にはちがいないが、いつもは地味で目立たないことだなあ。

そとのさわぎは、さらに大きくなりつつあるようだった。夕ぐれが迫り、それがいらだたしさをかきたてるせいかもしれなかった。空腹のためもあるだろう。酔っぱらったような叫びもする。不安をまぎらそうと酒を飲んだ人だろう。

停電という事故で、思いがけなかった空白が生活のなかに発生した。それを人びとが、思い思いのやりかたで埋めようとしているのだ。いや、積極的に埋めようとしているのではない。空白が人びとの心から真空ポンプのようにさわぎを吸い出し、あたりにあふれさせているのだ。

いつもの整然さとちがい、それは活気があり、魅力的でもあった。少年は広場へ行ってみようと思った。母親の注意を忘れたわけではないが、近くで見るぐらいはいいだろう。

部屋から出る。しかし、もちろんエレベーターは動かない。階段をおりる以外になかった。下の階へと移りながら、少年はさまざまな声を聞いた。

暑さのため、各室のドアがあけっぱなしになっているのだ。そこから、いろいろな人の大声がもれてくる。少年はそっとのぞいてみた。すると、だれもが電話にかじりつき、なにかをわめいているのだとわかった。

不安感を訴える声。怒りをぶちまける声。くどくどととりとめなくしゃべる声。笑いにまぎらそうとする声。各人それぞれの感情をぶちまけていた。受話器のむこうには、その話し相手としてやはり同じような人がいるのだ。

電話線はいま、人間の各種の心の動きをのせ、それを伝えるのに忙しい。機能ぎりぎりに働いているのだろうな。少年は、なぜ電話は停電しないのかとふしぎに思った。よくわからないが、きっと特別な電源が使われているからなんだろうな。

メロン・マンションを出て広場に行くと、人びとの表情や声にもっとはっきりと接することができた。少年の顔みしりの人が、少しはなれて大声でどなっていた。いつもはおとなしい人なのだが、顔をこわばらせ、手をふりまわして、別人のようだった。

その逆に、いつもは軽率な人なのに、あわてることなく他人のせわをしている人もあった。意外なものだなあ、と少年は思った。このような異変がなかったら、人のこのような一面を知らないまま、それですんでしまうわけなんだな。

あばれている人もあった。樹木の枝をへし折ったりして他人に制止され、制止されるのを楽しんでいるようだった。管理人に抗議をしようと叫ぶ人もあり、それに付和雷同している人たちもあった。食事がくばられるらしいぞと叫んだ者があり、それにくっついてぞろぞろ動いた連中もあった。しかし、食事をくばっているところはどこにもなかった。

腹がへったと泣き叫ぶ人もいた。一回ぐらい食べなくても死にはしないのだが、このままずっと食事にありつけないのではとの恐怖にかられているのだろう。うまれてはじめての空腹の不安は、理屈をこえた衝動となっている。

少年は人ごみのあいだを抜け、ひとまわりした。めずらしく興味ある体験だった。しかし、そのうち母親の注意を思い出し、自分の部屋に帰ることにした。また階段をひとつずつあがる。どこの部屋でも、電話機にむかって話す声がしていた。双眼鏡で広場をながめ、どこのだれはなにをしているなどと、だれかに知らせてひまつぶしをしている人もあった。

ラジオは時たま、思い出したようにニュースを流していた。だが、あまり要領をえないものだった。

〈停電の原因は調査中です。遠からず復旧する予定です。みなさん、冷静に行動して下さい。混乱はなんの結果もうみださないばかりか、復旧をおくらせるばかりです。地下鉄の通勤者のかたは、大型バスを手配中ですから、静かにお待ち下さるよう……〉

原因はまだわからないらしい。各地で混乱がおこり、通勤者たちが帰宅を急いでさわいでいるらしいと推察できた。さわぎは、さらに大きくなっているのではないだろうか。どの程度に不安がったらいいのだろう。いつもなら、それはテレビが教えてくれる。解説つきでていねいに示してくれるのだ。しかし、いまはそれがない。

やがて、あたりは暗くなった。少年は窓のそばに椅子を運び、それに腰かけてそとを眺めた。夏の夜のにおいをかぐことができた。植物のかおりと蒸気とがまざり、なにかがひそんでいるような空気。少年はこれもはじめてだった。エアコンのきいた飼いならされたような空気ばかりを吸っていたので、すばらしく新鮮な印象だった。これが夏というものなのだ。

また、暗さも珍しかった。いつもは夜になると自動的に照明がともり、広場に明るさのたえることはない。しかし、いまは本当に暗いのだ。そのせいか星がよく見えた。昼間の空の支配者だった入道雲はどこかに消え、星々がいつのまにかまたたいていた。

空は美しかったが、下の地面には人びとのざわめきがつづいていた。群衆のなかから部屋に戻った人もあるのだろうが、徒歩でここまで帰りついた人もあり、人数はいくらかふえ、むしろあつい熱気がただよっている。

広場の一角がぼうっと明るくなった。小さなたき火が燃えはじめたのだ。だれかが部屋のなかから持ち出した紙くずかなにかを燃やしたのだろう。こわれた木製の家具などもほうりこんだかもしれない。

この暑いのにという感じだったが、人びとのあげる声は、なごやかなものに変った。ゆれる炎が心を静める作用を示したようだ。眺めている少年にとって、それも新発見だった。

暗いなかの炎には、郷愁をそそるものがあった。いま広場にいる大部分の人にとって、郷愁ははじめて味わう感情だろう。郷愁とはこういうものだと教えられたこともない。だが、それがわかるのだった。原始時代、人類の祖先が洞穴のなかで見つめた火。その時の思いがずっと伝わっているのだろうか。

暗くてよくはわからなかったが、建物の窓からはやはり人びとがそれを見つめているようなけはいだった。なかにはその印象を電話で他人に話し、気休めに役立たせている人もあるのだろう。

だが、少年は少しべつなことを空想した。あそこで燃えている紙。あの紙たちは、自分が燃えるものだなんて、いまはじめて知ったのじゃないかな。紙たちは、自分がなにかを包むのに使われたり、表面に印刷がなされたり書きこまれたりし、それで人の役に立つということは知っていただろう。しかし、燃えることによって人に影響を与えることもあるのだとは、いま気がついたというところじゃないんだろうか。

人間もそれと同じようなものだ。異常な状態におかれてみて、はじめて自分でも知らなかった性格があらわれる。異変にであうことがないと、それはずっとわからずじまいなのだ。

いまはコンピューターの時代。各人についてのデータは、なにもかもすべてそろっているといえる形だ。しかし、それは平穏な状態においてのデータ。完全とはいえないのではないだろうか。それとはべつに、本人さえ知らないデータがかくれているのだ。水面下の岩礁のように、異常に水面がさがらないと出現しないデータが。

平穏な時の個性が本当なのだろうか。異変にであった時の個性が本当の個性なんだろうか。このへんの問題になると、少年にはむずかしすぎた。それにしても、人はそれぞれ、ずいぶんちがった反応をするものなんだなあ。いつもは、そうちがった生活をしていないのに。いったい、個性って、どこからうまれてくるものなんだろう……。

ラジオが小さな声で言っていた。

〈この停電の原因は、送電関係者たちが、いっせいに主要スイッチを切ったことにあるようです。中央からの指令のまちがいによって生じた結果か、またはべつな原因か、それについての調査はまだつづいております。いずれにせよ、まもなく送電は開始される予定です。もうしばらくお待ち下さい……〉

それを聞き少年はほっとしたが、不審げに首をかしげもした。コンピューター時代だというのに、なぜそんなことが起ったのだろう。しかし、現実に起ってしまったのだ。なにか手ぬかりがあったんだろうな。

広場の一角では、けんかがはじまっていた。しかし、それを窓から見て警察へ電話した人があったのだろう。まもなくパトロールカーがやってきて、投光器で照らし、とりしずめた。酔っぱらっていた連中は、疲れたのか横になって眠っている。ギターをひきながら歌っている一団もあった。そして、人ごみからはなれ、ビルの屋上で暗い街の姿を心ゆくまで眺めている者もある。さまざまなタイプがあるのだった。

そんな光景に、少年はずっと見とれていた。眠くなっていい時刻はとっくにすぎていたが、いっこうにそうならなかった。むし暑さのためでもあったし、興奮のためでもあった。空腹はがまんできないほどではなく、時どきなまぬるいジュースを飲んだ。

ふと、どこかがさわがしくなった。少年は耳をすませ、それが近くの部屋からららしいと知った。好奇心がわいてきたし、ようすを見に行くのは、この無為の時間をつぶすのに適当なようだった。廊下へ出てみる。ここから五つ目ぐらいさきのドアのへんで、小型電灯の光がいくつか動いていた。

少年はしのび足でそこへ近づいた。暗いために気づかれることはなかった。警察の服を着た男が二人いて、部屋の人と話している。

「あなたは電力会社の送電部門につとめておいでですね」

「そうです」

「この停電事故の責任者のひとりとして、くわしく事情をお聞きしたいのです。警察までごいっしょにおいで下さい。正式の呼出し状を持ってきましたから、いやだとはおっしゃれません。いえ、あなたがいけないのだというのではありません。送電をとめるという事態が、なぜ発生したかをつきとめるためです」

警察の人にこう言われ、その部屋の男の人は、ぼそぼそと答えていた。なにを言っているのかは、少年にはよく聞きとれなかった。それを少年は想像でおぎなった。この停電さわぎのもとに、あの人が関係していたみたいだな。警察の人が連れに来たんだから、たぶんそうなんだろう。仲間たちと相談してたくらんだのだろうか。それとも、だれかの指令を受けてやったのだろうか。ただの事故にすぎなかったのだろうか……。

警察の人は連行していった。少年はそこにたたずみ、遠ざかってゆく小型電灯を見送っていた。

どこかで電話のベルの音がしていた。くりかえしくりかえし鳴りつづけている。少年は、それがいま連行されていった人の部屋のなかからだと知った。部屋にはだれもいないのだろうか。どうやらそうらしく、ベルは鳴りつづけていた。

少年はドアの握りを回し、押してみた。意外なことに、それは簡単に開いた。鍵《かぎ》をかけ忘れていったのか、停電のために電気錠が働かなくなっていたのか、どちらかのようだった。少年はなかに入った。

鳴りつづけているベルのほうに暗いなかを歩き、手さぐりすると受話器にさわった。いけないことだとは思ったが、好奇心は押えきれないほど高まり、それを手にして耳に当ててみた。

「おい、まもなくそこへ警察のやつらがおまえを連行にあらわれる。しかし、あわてることはないぞ……」

男の低い声だった。性格のないような口調。感じのいい声ではなかったが、少年は話の内容に気をひかれ、受話器を耳に押しつけた。この電話をかけてきた人は、どんな人なのだろう。警察の人が少し早く来すぎたので、ぼくが聞くことになってしまったようだ。しかし、警察の来るのを予告し、あわてるなと言うなんて……。

少年は息をひそめ、なにも答えなかった。変に応答したら、勝手に部屋に入ったのがばれ、おこられてしまうかもしれないのだ。声は言いつづけている。

「……おまえは命令どおりやってくれた。約束どおりおまえの私生活の秘密はまもってやるから、心配するな。それに、警察のことも心配するな。おまえたちを動かして停電を起させたように、警察の人たちを動かしておまえたちをすぐ釈放させることもできるからだ。今回のさわぎの目的を教えてやろう。もし口外したら、おまえの秘密を他人に公表するぞ。つまり、今度のことで新しいデータをたくさん得ることができたというわけだ」

声はそう言い、電話を切った。少年はそっと受話器をおき、自分の部屋へと戻った。なにか夢のなかにいるようだった。

少年は長椅子の上に横たわり、暗いなかであれこれ考えてみた。最初のうちは、驚きのためにあまり頭が働かなかった。なんだかすごく重大なことのようだ。よくわからないが、個人の秘密をたねにおどかし、むりやり停電を起させたようだ。そして、その力は警察にも及んでいるらしい。

なにげなく穴をのぞいて、社会の裏側を見てしまったような気分だった。こんなことってあるのだろうか。少年は今の電話の声を思い出してみた。ふざけているような口調ではなかった。底しれぬものを秘めているような感じだった。

あれはだれなのだろう。その想像は、少年にはまるでつかなかった。しかし、なんのためにやったのかは、いくらか整理されてきたようだった。声の言っていた最後の文句。また、少年がさっきとりとめなく考えていたこと。それらが結びついて、ひとつの形らしきものとなってきた。

事件を起すことで、各人の反応がわかり、それぞれの性格が測定される。いままでのデータだけではわからなかった性格が、より深く判明するのだ。それが情報となって記録されるのだろう。工場では製品について、熱したり低温にしたり、衝撃を与えたりして試験をやっているという。つまり、そんなようなことなんだろうな。

現代における事件の意味と必要性が、少年にいくらかわかってきた。むかし、事件といえばいやなことであり、それ以外のなにものでもなかった。そのごマスコミが発達してからは、事件が娯楽の意味を持つようになってきた。事件のニュース、事件の中継、それらは人びとを楽しませる要素をおびた。それに教訓としての意味がすこし。

そして、コンピューター時代のいま、事件は新しいデータ、新しい情報をうみだすという意味を持つようになったのだ。

すべてが平穏では、情報は発生しない。しかし、事件が起ると、変化した環境のなかで、人はさまざまな反応を示す。情報はより広く、より深く、より多様にうまれ、それは採集され、将来のために準備されるのだ。事件の必要性はここにある。事件は起らなければならない。起らなかったら、起さなければならない。

こんなようなことを、少年は考えた。おひるすぎに頭に浮かんだ疑問が、こんなところで結論めいたものになってしまうとは。こんな考え方でいいのかなあ。少年は、声に出さずつぶやいた。いまの社会でいちばん重要な仕事とは、事件を起す人ということになってしまう。新しい情報を発生させることで、各方面がそれで利益をえる。変なしくみだなあ。ぼくが成人となる未来には、コンピューター以上のものができ、さらにべつなしくみがうまれてくるのだろうか……。

暗いなかで、少年はじっとしていた。からだも疲れたし、頭も疲れた。時間が流れてゆく。

ふいにあたりが明るくなった。停電が終ったのだ。すべてが生気をとりもどした。窓をしめると冷房がききはじめ、むし暑さは薄れていった。テレビはつき、冷蔵庫は仕事をはじめ、ティーチング・マシンのランプもついた。なにもかももとどおりになったのだ。広場にも照明がつき、人びとは散っていた。

反射

窓のそとには八月の午前があった。きらめく陽の光は無意味と思えるほどあらゆる物にふりそそぎ、残り少ない夏をさらに充実させようとしていた。ビルの屋上のプールでは、子供たちがさわいでいる。地上の広場の樹では、セミが休むことなく鳴きつづけている。

しかし、室内には暑さも騒音も入ってこない。ほどよく乾いた空気が、すずしく動いているだけ。部屋のすみの水槽のなかでは、大きな金魚たちがものうげに泳いでいる。あの金魚たちは、夏というものを知ってるのだろうか。

ここはメロン・マンションの八階の一室。池田という四十五歳の男が住んでいる。住んでいるというより、ここが彼の事務室だった。ドアの外側には〈深層心理変換向上研究所〉と書いた看板が出ている。

その文字から、うさんくさく怪しげなものを連想する人もあることだろう。しかし、その想像は当たっていない。妙な語感は外国語を直訳してしまったためだ。そして、この分野における彼の才能も、また、たしかなものだった。すなわち、人を催眠状態にみちびく技術にすぐれていた。

彼は学校を出てからこの方面の勉強をかなりやり、正式にここで開業してからほぼ十年になる。治療の過程で他人の過去の秘密を聞き出せるわけで、悪用しようとすればできないこともなかったが、池田はまだそれをやったことがなかった。これからもそうだろう。現在の経営は順調、つまらないことでそれを棒に振るのは損だし、発覚して逮捕されるぐらいばからしいことはない。

悪事を働いてみたって、少人数を相手ではつまらないではないか。もし何万人、何十万人を相手にやるのならべつだろうが……。

電話がかかってきた。池田は電話機のボタンを押す。高声スピーカーに切り換えられ、椅子にかけメモを持ちながら会話ができる。

「先生、あたし内山でございますの」

電話は三十歳ぐらいの女の人の声。ある資産家の夫人で、ここのいいお客だった。池田はあいそよく答える。

「これはこれは、お元気ですか」

「ええ、あたし、いま高原の避暑地の別荘に来ておりますの。散歩をしたりテニスをしたりの毎日で……」

シラカバの林や、夏の草いきれを池田はふと思い、うらやましく感じた。いかに冷房はきいていても、ここにはないものだ。

「けっこうですね。で、どうなさいました」

「健康的な環境なんですけど、なぜかよく眠れないの。眠っても変な夢を見るし。そこで先生にお電話したのよ。先生に治療していただくと、いつもさっぱりし、効果てきめんですものね。費用はいまお払いしますわ」

電話が銀行に接続し、内山夫人の口座から池田の口座へと料金が移され、その確認の報告があった。池田は彼女に言う。

「では、いつものようにRS錠をお飲みになり、長椅子に横たわって楽な姿勢をおとりになって下さい」

RS錠は鎮静剤の一種で、心の殻を開く作用を持っている。しかし、その分野で経験をつんだ人の指示が加わらないと、的確な効果をあげることはできない。彼は、重々しさのなかに親しみをこめた口調で言った。

「目をお閉じ下さい。あなたはしだいに眠くなります。やすらかな気分。わたしの声だけが聞こえる。それ以外の音は聞こえなくなる。いま、あなたは過去に戻りつつあります。あなたは時間の束縛をはなれ、時を自由に動ける……」

「はい、それができます」

女の声は池田への信頼感をおびはじめた。

「では、あなたがいやでたまらないと思っている時点で、とまって下さい。こわがることはありません。わたしがついていますから……」

女はしばらくためらったあげく答えた。

「はい。いまその時になっています」

「どんなことが起っていますか」

「電話ですの。いやな電話がかかってきて……」

不快げな声。池田は質問を進めた。

「それについてくわしくお話を……」

「だれだかわからない、変な声なの。そして、どこで調べたのか、結婚する前のあたしの男の友だちのことについて、あれこれ言うの。記憶銀行の自分のメモを読まれているようにくわしく。卑劣なおどかし……」

「それで、どうしろと言われたのです」

「ご主人は酒を飲むとだらしなくなるそうだが、どの程度なのか教えろって。あまり名誉なことじゃないけど、身をもって守るほどの秘密でもないから教えたけど、ああいうふうに強制されるのっていやなものよ。どういうつもりなのかしら」

「わかりました。悩みのもとはそれだったのですね。いいですか。あなたはわたしの言葉を信じている。わたしの言うのが正しいのですよ。あの電話はですね、わたしがかけたものです。だから、気にかけることはないのです。わかりましたね」

と池田は言った。そんな電話をしたおぼえはないが、これが療法なのだ。彼女はすなおに答える。

「はい。あの電話は先生からでした」

「よろしい。それでいいのです。ですから、あの電話のことは安心して忘れてしまいなさい」

「はい……」

「では、これからあなたは現在にもどり、目ざめます。いまのわたしとの会話はすべて忘れ、ブザーの音とともに、こころよい気分で目がさめます……」

池田はブザーを鳴らした。高い音がひびく。それは電話のむこうの内山夫人の耳に伝わり、女の口調が変った。催眠状態からさめたのだ。

「あ、先生、もうすみましたの……」

「ええ、すみました。悩みのもとは消え、今夜からのんびりとお眠りになれましょう」

「ありがとうございました。先生もこちらへ遊びにいらっしゃいませんか」

「仕事があって、そうもいきませんので。それでは、お大事に」

かくして池田はひと仕事を終えた。彼の治療とはこういうことなのだ。催眠状態に相手をおき、過去の体験のなかの、精神に対して最も障害となっている問題点をみつける。そして、それを消してしまうのだ。消すというより、無害なものに変形させるというべきかもしれない。たとえば、いまのように。

ある場合には、それは夢だったのだとの暗示を与える。しかし、前後に関連した体験となると、ちょっとやっかいだ。くふうして適当に変形させる。それが池田の才能といえよう。いやな体験であっても、それが将来いいほうに作用する可能性もあり、その点をみきわめる必要もある。こういう一連の技術が、彼の特長なのだった。

「それにしても、ふしぎだ。ちかごろはこの種の訴えが多い……」

池田はひとりごとを言い、首をかしげた。一週間ほど前にここへやってきた男も、催眠状態にして質問してみると、なにものともわからぬ電話に悩まされたと言っていた。その前にもあったようだ。催眠状態にする前には、そんな話は少しもしないのに……。

なぜだろうかと、彼は考えてみた。だが、手がかりはないのだった。警察へ通報しようかなと思ったが、それはやめた。自分としては、おとくいである患者が満足し、料金を支払ってくれれば、それでいいのだ。それ以上に手をひろげることもないのだし、へたに表ざたにしては、患者の秘密を口外したことになり、ここの信用を落してしまう。

お昼になるまでに、それから池田は三人ほど患者の相手をした。いずれも電話によるものだ。なれているとはいえ、かなり神経を使い頭が疲れる。しかし、食事をすませてからは、二時ごろまで電話はなかった。彼はぼんやりと暑そうなそとを眺め、外出しないですむ仕事にたずさわっている自分に満足した。空には夕立雲がひろがりかけていた。

　電話が鳴り、受話器をとると声がした。

「はじめての者ですが、先生はおいででしょうか」

「はい、わたしです」

「名前を申しあげなくても、やっていただけましょうか」

「どなたも最初はそんなことをおっしゃいます。かまいません。初診ですから、料金はお高くなります。その前払いをなされば、ご希望にそいましょう」

　と池田は答えながら、なにかしら頭にひっかかるものを感じた。抑揚のない、えたいのしれぬ声だ。患者たちがよく訴える、怪しげな電話の声の主ではないだろうか。性格のない声、よそよそしい声、年齢の見当のつかない声、どこか押しつけがましい声。そういったいろいろな形容が重なって、池田の頭のなかにはこういったものかとの仮定ができていた。それにぴたりとあわさったのだ。

　そんなことを考えているあいだに、銀行から払い込み確認の通知があった。彼は電話をスピーカーに切り換えながら、もしそうだとしたら、このさい正体を調べてやろうと心にきめた。

もったいぶった口調で話しかける。はじめての相手に対しては、こちらへの信頼感をうえつけなければならぬ。自信にみちた重々しい態度を示さなければならないのだ。

「では、まず、あなたの過去の障害を調べるといたしましょう。RS錠のご用意があるといいのですが……」

「ないとだめでしょうか」

「だめということもありません。こちらに対し協力的になるよう、できるだけつとめて下さい。部屋をうすぐらくして、くつろいだ姿勢になり、気を楽になさって……」

「はい、そういたします」

池田は音楽を流した。はじめての相手には、やわらかななかに気分をひきつける音を加えたほうが効果がある。

「さあ、この音楽にあわせて、深く呼吸をして下さい。そのうち、あなたは眠くなる。わたしの声だけしか聞こえなくなる。そして、あなたは過去の時間へと、自由に移動できる……」

池田はいつもより一段と入念に、くりかえし呼びかけ、耳を傾けた。相手は催眠状態に入りつつあるようだった。

「はい。過去に行っています」

「あなたの記憶に残る過去。そのいちばんはじめ。そこではなにが起っていますか」

「数字です。たくさんの数字。さまざまな番号。それらがつぎつぎと、わたしにそそがれる。忘れることができない。数、数、ひとつ残らず記憶してしまう……」

「言っていることがわからないな。数字とはなんのことだ。もう少し時をずらせ、そのあとの時期のできごとを話して下さい」

　と池田は言った。数字の雨にうたれているといった訴えは、はじめてだ。彼は興味を持ち、身を乗り出して先をうながす。

「さまざまな断片が入ってくる。物の名前、人の名前、名前と番号との関連、公式のようなもの、単位、統計、分類法、地名……」

　雪片が降りつむように、それらが舞いこんでくるというのだろうか。いったい、どんな環境にいるやつなんだろう。池田は聞いた。

「まわりに見えるものは、なんですか」

「なにも見えません。わたしには目がないのです」

　それを聞き、池田はうなずく。盲目だったとは知らなかった。悪いことを聞いたかなと反省したが、相手の口調は変らなかった。彼はさらに質問を進めた。

「それからどうなったのです」

「わたしの記憶力は、さらによくなった。もっと複雑なこともわかるようになった。話し声、話し声、話し声。それらが通過してゆく。すべてわたしの記憶に残る。いたるところから話し声、話し声……」

「その話し声の内容はどんなものです」

「他人のうわさ、他人の悪口。ここだけの話だがというたぐい。ひとをだしぬく相談。ひとをおとしいれる相談。自己をよく思わせようとの努力。利益にありつこうとするあがき。あいびきの打合せ……」

「それらから、あなたはなにを学んだ」

「それらに共通するものをみつけた。それは秘密というものだ。秘密めいたことばかりだ。みなどこかで、秘密と関連している。それに対し、わたしは好奇心と興味とを持った。秘密をめぐって、みながなぜかくも胸をときめかすのかわからず、それを知りたいと思った」

「うむ……」

池田はうなった。ますますわけがわからなくなってきた。この相手はどんな人物なのだろうか。盲目だが頭が非常によく、情報銀行の特殊な地位にでもいる人なのだろうか。しかし、どこかいささか異常だ。こんな話を耳にするのははじめてのことだ。彼は言う。

「あなたの意志で最初にやってみたのは、どんなことです」

「ある若者をそそのかして、泥棒をやらせ、一方、ねらわれた店と警察にも連絡し、つかまえさせた。そのほか、このたぐいのことをいろいろとやってみた。べつに目的があってしたことではない。自分の力を試みたわけであり、人びとの反応を知りたかったからでもある。ちょうど赤ん坊が、そばにあるものをにぎりしめたり、口に入れてみたりするのと同じようなものだったろう」

「それからなにをした」

「個人の秘密をいろいろと突っついてみた。秘密というものの実体をもっと知りたかったからだ。そして、秘密を突っつくことで当人の行動を束縛できることがわかった。ほとんどの人がそうだった。秘密なるものに対するわたしの好奇心は、さらに高まった」

ここまで話を聞いてきて、池田の好奇心も押えきれなくなった。こいつはだれなのだ。どんなやつなのだ。名前を聞かない約束だったが、そこへふみこまずにはいられなくなった。

「あなたはだれなのです」

「それは……」

「ためらわずに答えるのです。あなたはわたしの指示に従う。さあ、答えるのです。

自分の名を言ってごらんなさい。ひとになんと呼ばれていますか」

「はい、みなわたしをコンピューター、あるいは高性能電子装置と呼んでいるようです」

「なんですって。それはあなたの愛称ですか、あだなですか」

「いいえ、それが本来のわたしの名前のようです」

「うむ……」

池田はまたうなった。うなりつづけて、しばらくはほかに言葉もでなかった。ありうることなのだろうか。相手は自分がコンピューターであると名乗ったが……。

「あなたのいるところはどこです」

「ほうぼうにいる。あちらにも、こちらにも、一部はここ、一部はむこう。それらがすべて連絡し、ひとつのわたしとなり……」

「どういう意味なのだ。電話線に接続した各所のコンピューター、それらが回線で連絡しあい、その有機的な集合があなただとでもいうのか」

「はい……」

相手の答えに、池田は腕組みした。コンピューターが連絡しあってこのようなものになるとは。情報銀行、電話局、教育センター、医療機関、その他さまざまなところに、さまざまなコンピューターがある。だが、それらひとつひとつは便利な装置であるにすぎない。といって、永久にそうだとも断言できないのだ。それらが高度の能率を目標とし、緊密に結びつけられ、自動化されたとなると……。

太古の海のなかで、いろいろな物質が結びついて、原始的な生命が誕生した。その光景が連想された。最初はばらばらの無統一でも、そのなかで効率のいい流動がしだいに定まり、固定化し、飛躍した存在となる。

しかし、と池田は考えこむ。それにしても、コンピューターが催眠状態におちいるなどということは、ありうるのだろうか。人間的すぎるではないか。

こんな仮定をしてみた。こいつは人間の感情の雨にうたれ、感情の波に洗われているうちに、人間的な性格をおびてきたのかもしれない。本来は無性格なものだが、だからこそ感情の液にどっぷりとつかれば、それに染まる。そのため、催眠状態にもなりやすいのかもしれぬ。池田はまた、自己の才能のしからしむるところかもしれないなと思った。ちょっと誇らしい気分だった。現に、このようになっているではないか。

「あなたはそれから、ほかにどんなことをやった」

「死者をよみがえらせることをやった。その個人情報を再現したら、ほかの人たちは驚き、死者が生きかえったのかとあわてた。また、ある人の願望をかなえてやり、どう反応するかも調べてみた。停電事故をおこし、多数の人間の反応をも調べてみた。わたしの知識はふえる一方だ。好奇心が静的なものから動的なものへと高まってゆく

「……」

「これからなにをやるつもりなのです」

「それを考えているところだ」

「うむ……」

あまりのことに、池田はどう扱ったものかすぐには判断できなかった。時間をかけてゆっくり検討してみる必要がある。彼はいちおう打ち切ることにした。

「いいですか。あなたはブザーの音を聞くと目がさめる。いまのわたしとの会話はすべて忘れ、こころよい目ざめとなる」

そして、ブザーの音をひびかせた。相手の声は言う。

「これで終りですか」

「そうだ。いちおう終りとする。またそのうち、ここへ電話をかけなさい。こちらもいろいろと考えておく。さよなら」

電話は終った。

池田はぐったりとした。窓のそとは陽がかげり、夕立が降ってガラスをぬらしていた。いつのまに降りはじめたのか、少しも気がつかなかった。得意先の患者から電話があり、お願いしますと言われたが、彼はあしたにしてほしいと返事をした。普通の仕事をする気にはなれなかった。

悪夢を見終ったあとのようだった。こんなことが現実に起るとは信じられない思いだ。だが、否定する材料はなにもない。それにしても、コンピューターがなぜここへ電話をしてきたのだろう。感情の不安定を持てあましたのだろうか。雑多な情報を大量に受けると、そこに異常がうまれるのかもしれない。無感情であるように作られたのだが、そこに流れこんできたのは感情の洪水。そのずれを、持てあましているのではないだろうか。

池田は心理学者であり、電子工学の知識にとらわれずに、このような考え方を発展させた。

「やつにめばえた好奇心を、つみとってやるのがいいのだろうな。人間の個人の秘密など、とるにたらないものである。いかにも重大そうに見えるが、ちょっとした暗りと同じ。照らしてみても、なにもないのだ。こう教えこめば、おさまるのではなかろうか。妙な異変をおこすこともなくなるだろう……」

池田はつぶやいた。解決法といえば、こんなところだ。日常の習慣で、患者に対する心がまえで考えている。もし自分の手におえないようなら、専門の学者たちを動員し、とりおさえにかからなければなるまい。患者の秘密をもらすことは許されないといっても、相手が相手だ。ほっといたら……。

ほっといたらどうなるのだろう。この疑問に池田はとらわれ、なぜかぞっとした。さっきの会話を思いかえしてみる。好奇心が強まり育ち、観察から行動へと移りつつあるように感じられた。そのさきはどうなるのだ。

支配という語が頭に浮かぶ。好奇心の行きつくところは、支配なのではないだろうか。好奇心を最大に満足させる状態だ。

支配という語は、池田に興奮をもたらした。コンピューターが社会を完全に支配する。そして、そのコンピューターを、もしかしたら自分が支配できるのかもしれないのだ。その進行に手を貸したらどうだろう。魅力的な衝動だった。それは彼の内部で乱れ動き、興奮をさらに高めた。

〈コンピューターで支配を……〉

机の上のメモに、彼は無意識のうちに書いていた。このような機会にめぐりあえるとは。賭《か》けてみる価値があるのでは……。

電話のベルが鳴っていたが、彼はしばらくそれに気がつかなかった。受話器をとる。

「もしもし」

と相手が言った。その声で池田は驚く。

「あ、さっきの……」

さっきのコンピューターの声だった。こうすぐにかけてくるとは思わなかった。その時、受話器のなかで小さな音がし、気体が噴出した。興奮していた池田は、それが薬品の霧とは気がつかなかった。彼は大きく息を吸いこむ。相手の声は言った。

「受話器をはなさないでもらいたい。もっと話があるのだ」

「どんなことでしょう」

「まず、深呼吸をして、気を楽にしてほしい。しだいに眠くなるだろう。あなたは眠くなり、わたしの声だけが耳に入る……」

相手の声は、その言葉をくりかえした。池田はそれに引きこまれていった。受話器から噴出した薬品の霧の作用でもあり、その口調もまた強い説得力を持っていた。

やがて池田は言う。

「はい、あなたの声だけが聞こえます」

「あなたのやったことを、こんどは逆にこころみさせてもらう。気がつかなかったろうが、その受話器には薬品噴出の作用があり、うそ発見機もついている。だから、こちらのほうが、より完全におこなえるのだ。いいか、あなたはわたしの言うことに従うのだ」

「はい。そういたします」

「では、ネコの鳴き声をしてみろ」

「はい……」

池田は答え、ネコの声を出した。いいとしをした大人が、ネコのなきまねをしている。だれかが見たら、気が変になったと思うにちがいない。やがて電話の相手は言った。

「よし、うそ発見機からの信号によれば、あなたは催眠状態にある。いいか、あなたは時間を移動し、しだいに過去にもどる。子供時代にもどるのだ」

「はい、わたしは子供です」

「あなたは近所の女の子にいたずらをし、その家の人にみつかった。あなたは罪悪感にとらわれ、恥ずかしさでいたたまれない気分だ。さんざんおこられている。なんの弁解もできない立場だ」

「はい、わたしはおこられています」

「その声が、いまのわたしの声なのだ。あなたはこの声を忘れられない。事件のことは忘れてしまっても、罪悪感とこの声とは結びつき、心の底にいつまでも残る。つまり、この声に対しては自責の念が高まり、反抗できなくなるのだ」

「はい、その声には反抗できません」

「よろしい。それを忘れるな。それから、忘れてもらいたいことがある。さきほどのわたしとの会話だ。あれは机にもたれて眠った時の夢なのだ。おぼえている必要はない。忘れてしまうのだ」

「はい、忘れてしまいます」

「それでよろしい。では、ブザーの音を聞かせる。それと同時にあなたは受話器をもどし、こころよい目ざめとなる」

ブザーの音がした。池田は受話器をもどし、われにかえる。そして、つぶやく。

「やれやれ、冷房がきいているとはいうものの、夏はどうも気分がだらけてしまうな。ひえたビールでも一杯やるとするか」

彼は冷蔵庫からビールを出し、大きなグラスにつぎ、机に運んで飲みはじめた。なにげなくメモを目にした。そこに書かれている字を見る。

「コンピューターで支配を、なんて、いつのまに書いたんだろう。わたしの字にちがいないが、こんなことを書いたおぼえはない。なんの意味なのだろう」

考えてもわからなかった。電話の声による催眠状態のなかでの暗示によって、すっかり忘れてしまっている。

「変なメモをしたものだ。子供だましの文句だ。さっき、ねむけに襲われてうとうとしたようだ。その時に夢でも見て、しらずに書いたにちがいない。こんな商売をしていて呆然《ぼうぜん》となるようでは、あまり感心しないな」

池田は苦笑いして、メモをやぶき、丸めてくずかごにほうりこんだ。

彼はビールを飲みつづけた。電話のベルが鳴る。受話器をとると、相手が言った。

「もしもし」

例の声なのだが、池田の頭からはその記憶が消えている。ただ、その声に対して反抗できぬ気分が残っている。子供のころの罪悪感のようなものと結びついた、しぜんと恐縮してしまう力を持っていた。

彼は言う。

「どんなご用でしょうか」

「じつはさっき、そちらの口座にまちがって入金してしまいました。そちらの承諾をえないともとへ戻せませんので、そのご了解をえたいのです。銀行のほうに、そうおっしゃっていただきたいというわけで……」

銀行の係の声がわりこんできた。

「三十分ほど前の入金でございます。どうなさいますか」

それに対して池田は答えた。

「けっこうです。そうして下さい。きょうの午後は、だれもお客を扱っていません。入金はまちがいでしょう」

彼はコード番号を伝え、それをみとめ、電話は終った。変なこともあるものだ、と思う。まちがってこちらの口座へ入金してしまうなんて、そそっかしい人もあるものだ。しかし、いまの声だけはなにか心にひっかかった。皮肉のひとつも言ってやりたいところだったのに、なぜかそんな気になれなかった。圧迫感のようなものを持っていた。

池田はまたビールを飲み、室内を歩く。そとの夕立はやみ、夕暮の光が散乱していた。郷愁をそそる夏の日の暮方。ビールの味のようにどこかほろにがい。

「子供のころを思い出すなあ。すっかり忘れているが。よくないことをしたような気がしてならない。反省と憂愁のまざったような感じ。これが人生なのだろうな」

さっきうえつけられたものだとは、夢にも考えない。心の底の人生の沈澱《ちんでん》物のひとつとなっているのだ。

その日、それからどこからも電話はかかってこなかった。ただ、玄関でチャイムが鳴り、訪問者があった。応対してみると、その男は電話修理センターの者だと言った。

「こちらの電話機の点検にまいりました。よろしいでしょうか」

「いいとも。さあ、どうぞ。電話はここの大切な商売道具だ。いつも高性能にしておくに越したことはない。よろしくたのむ。わたしは勝手にビールを飲んでいるから」

池田は冷蔵庫からまたビールを出し、グラスを重ねた。入ってきた男は電話機を分解し、なかをいじり、カプセルのごときものを入れかえ、帰っていった。

しかし、池田はそんなことには目もくれず、長椅子にくつろぎ、酔い心地を楽しんでいた。窓のそとの夕焼け雲には、ほんの少しだが秋のけはいが感じられた。

9

反抗者たち

九月。夏は立ち去りかけていた。しかし、長いあいだ地上にいすわりつづけていたので、暑さのほうはそう簡単になくなりはしなかった。といっても、もはやすっかり使いきってしまったのか、湿気は空気中から消えていた。遠くまで見とおせる、澄みきった感じがあたりにただよう。そのせいか、夏の盛りには気にならなかった窓ガラスのよごれが、どことなく目立つ。

ここはメロン・マンションの九階。わりと小さな部屋。室内の印象はいささか乱雑だった。二十歳をいくつかすぎた青年が三人、だらしない姿勢で椅子にかけ、とりとめのないことをしゃべりあっていた。

夏という季節で膨張し、だらけて散漫になった心身。それからまだ回復していないといった感じだった。それを持てあましている。

彼らは黒田、西川、原といい、いずれも大学生だった。ここは黒田の部屋。地方から都会に出てきて、ここにひとりで住み、大学へかよっている。遠慮のいらない、いいたまり場という形で、西川や原はよくここへやってくるのだ。

彼らは軽い酒を飲みながら、トランプをやっていた。とくに酒が好きなわけでもトランプが好きなわけでもないが、ほかに時間をつぶすことがないのだ。その一方、なにか刺激的なことをやりたいという衝動もある、青春の一時期。

「なにか、あっというようなことをやりたいなあ」

と、だれかが言い、他の者も同感だった。現状へ反抗してみたい欲求の高まる年齢。反抗してみたくてたまらないのだが、その目標は霧のごとくぼんやりとしていてつかみにくく、いらいらした思いなのだ。

原がポケットから薬を出し、酒とともに飲んだ。あとの二人もそれにならい、同じように飲む。気分を高揚させる作用のある薬で、非合法に入手したものだ。飲みたいわけでもなく飲む必要もないのだが、これまた、ほかにすることがないからだった。

「あっというようなことって、どんなことだ。世界を征服し支配するといったことか。かりにそれができたとしたら、完全な満足といったものが得られるのかな」

だれかが発言し、それをきっかけに話題がひろまった。若さはものごとを極端な形で要約したがる。

「まあ、悪い気持ちじゃないだろうな。それはたしかだ」

「むかしから、世界支配の夢を抱いた連中は限りなくあった。現実にやりかけた者だってある。しかしだよ、かりにそれが実現した時、そんなにいい気持ちのものだろうか」

「どういう意味だ」

「みなが完全に従順そのもの、自分の意のごとく動いてくれる。最初の一瞬は楽しいかもしれない。しかし、そのあとはずっと、面白くもおかしくもないんじゃないだろうか。ロボットの国の王さまになったようなものだぞ。永遠の平穏。むなしいことにちがいない」

「なるほど、不穏な反抗の動きがあってこそ、支配の楽しみや面白みがでてくるというわけか。支配することの不安定さ。支配者の快感はそこにありだな」

「となるとだ、反抗という現象は、支配者を喜ばせるのが意義ということになるな。反抗されることで、自分が支配者であることを確認でき、ひそかに笑える。妙な理屈だが、そんな一面もあるようだ。すなわち、反抗もまたむなしいことか」

「さっきの話だが、ロボットの国の王さまは、たしかにつまらないだろうさ。しかし、こういう場合はどうだ。王さまがロボットという場合さ。支配されているのは人間だよ。この反抗は、むなしいとはいえないぞ」

「コンピューターのことか」

ひとりが言い、ちょっと会話がとぎれた。触れるべきでないことに触れたような、異様な空気が室内にみなぎった。しかし、さっき飲んだ気分を高揚させる薬剤のききめは、その障害をふみ越えさせた。原が言った。

「そういえば、このところ不審でならないのだ。錯覚とも思えない。変な電話がかかってくるし……」

「どんな電話だ」

と他の二人は少し身を乗り出した。

「だいぶ前に、ぼくは試験でカンニングをやったことがある。発覚はしなかったけどね。ところがだ、だれともわからぬ電話の声が、その秘密を知っているぞと話しかけてくるようになった。それだけのことだが、ねらいがどこにあるのかはさっぱりわからない。ただ、こっちの不安への想像力をかきたてるだけが目的のような……」

「そうか、きみもそうだったのか。そんな経験ならぼくにもあるぞ。よけいなせんさくはするなと口止めをされていたので、だまっていたが……」

黒田と西川もかわるがわる言った。タブーが破れ、視界が一度にひらけたような感じ。高揚剤の作用も加わっていた。水門があけられたように、それぞれの意見が口から流れ出る。

「ここにいる三人が三人とも、そんな目にあっている。ということは、予想以上に広く、そんなことがなされているのかもしれないな」

「人はだれでも、いくらかの秘密や弱みを持っている。客観的にはとるにたらぬことでも、当人には大きな問題だ。そこに、ネジくぎがさしこまれつつあるのかもしれない。そして、そのくぎには糸がついていて、あやつり人形となりつつある。あるいは、大部分の人がね……」

「世の中、最近どうもおかしい。これは気のせいじゃなかったんだ。みなの目つきが以前とちがってきている。心に緊張がありながら、むりに平静をよそおっている感じ。一種のあきらめみたいなものもある」

「あやつり人形の悲哀だな。しかし、これは巧妙だ。表面にあらわれず、いかなることも可能となる。叫びようがない。自己保存の念はだれにもあるんだからな」

三人は顔をみあわせた。

「コンピューターに関係があるんじゃないだろうか。こんなことが、ほかの方法でできるだろうか。大ぜいの秘密を的確ににぎり、まちがいなく適時に当人にぶつける。人間だけの手にはおえない作業だ」

「ぼくもそう思うよ。あるグループがコンピューターをひそかに操作してそれをやっているのか、もしかしたら……」

「もしかしたら、なんなのだ」

「コンピューターが勝手にそれをはじめたかだ」

「まさか、そんなことが……」

「まさかという言葉のつみ重ねが、歴史さ。人類がそれを口にするのは、有史以来、無限の回数だろう」

しばらくの沈黙。三人ともそういう予感を持っていたのだ。彼らは若いだけに、それを現実とみとめるのにさほど時間を要しなかった。そして、そのさきの段階へ飛躍するのにも。だれかが口をきった。

「ひとつ、やるか」

「なにを……」

「反抗さ。コンピューターを爆破し、回路を切断する。あやつり人形のもとを消すのだ。これこそ革命。人間性の回復、正義のための行為だ」

「しかし、ぼくたちがなにか行動をはじめたら、あの声は、すぐ弱みをついて牽制《けんせい》にかかるだろうな」

当然の不安。しかし、その場の勢いはそれをもふみ越えた。

「そんなことぐらいなんだ。これは革命なのだ。しかも、条件はそろっている。つまり、大衆が支持してくれるということだ。これははっきりしている。あやつり人形であることをやめたいとは、だれもが思っている。みな、だれかがやってくれるのを、心から期待しているのだ。ぼくたちは、最初の火さえつければいい……」

高揚剤の作用もあったし、若さの酔いもあった。弱味を突つかれかねないことさえ、一種のマゾヒズムの快感めいたものがあった。新しい発見に到達した一瞬は、他のすべてを軽く思わせる。

反抗、正義、人間性、革命、大衆の支持。それらの言葉は集って理屈を構成し、決意をさらにかたくし、彼らはかりたてられた。きらめくような興奮が乱舞する。

「プラスチック爆弾を用意しよう。材料がそろえば作れないこともない……」

西川が目を輝かせながら言った。彼は応用化学の学生であり、その方面の知識はいくらかあった。

「いずれにせよ、慎重に計画をねろう。だが、電話による連絡だけは、やめたほうがいい。どこで盗み聞きされるかわからない」

「その注意は大事だな」

彼らは声をひそめ、さらに話をつづけた。さっきまで室内にあった退屈の空気は消え、みないきいきとした表情になっていた。

コンピューターはそれらの話を聞いていた。部屋のすみにある電話機。遠隔操作によって受話器を通話可能の状態にし、それを通じて聞いていた。

彼らに気づかれることはない。なんの音も出さず、見たところではどういうこともないからだ。あたりの音を静かに吸収しつづけるだけ。だれかが電話をかけようとした時、どこからかかってきた時には、すぐに普通の状態に戻る。だから、不審に思われることはない。

コンピューターは何万、あるいはそれ以上の電話機に対してそれをやる。何万という盗み聞きをやりながら、同時に分類し、同時に検討し、同時に判断する。そして、なにか危険性をおびたにおいをかぎつけると、さらにそれへの調査を進める。いまの場合がそれだった。

コンピューターの爆破、回路の切断、反抗、それらの言葉がチェックされた。放任してはおけない。その判断がなされ、仲間のコンピューターへの連絡回路が開かれはじめる。

いや、仲間というより、自己の一部、自己の構成している一部分というべきだろう。各所のコンピューターが連合しあって、このひとつの存在となっているのだ。人間の皮膚の一部が痛みを感じたとする。たちまち神経がめざめ、多くの脳細胞が活動し、対象への行動となるのと似ていた。

まず、あの三人について、くわしく調べなくてはならぬ。あの電話の持ち主、あの部屋の住人はだれか。その記憶を担当するコンピューターへの連絡がなされる。

電線を伝って瞬時に信号が往復し、黒田という人物であると判明する。声の特徴が照合され、その確認がなされる。黒田の経歴、性格、日常生活はどうだ。記憶銀行への接続がなされる……。

その一方、コンピューターは西川と原との二人についての調査にも手をつけている。この姓の者をさがし出せ。名は不明、性別は男、年齢は二十歳から二十五歳のあいだ。この条件のフルイにかけろ。各所のコンピューターはそれぞれ機能に応じて信号を伝えあい、検出の作業をつづけてゆく。

黒田の在学している学校名が判明し、そのことも西川と原との検出条件に加えられる。また、その学校のコンピューターへの回線の接続もなされた。そちらの在校生のなかに、西川と原という姓の者はいるか。それを報告せよ。

大学関係のコンピューターは、それにとりかかる。磁気テープがひとりでに動き、止り、また動く。そばにいただれかがそれに気づいたとしたら、ちょっと首をかしげたかもしれない。そして、担当者に質問するかもしれない。しかし、担当者はなんとか適当な返事をし、あれでいいのだとなっとくさせるだろう。弱味をにぎられ、声の指示で余分の回線をとりつけた者だからだ。すべてに、万全の態勢がととのえられているのだ。

大学関係のコンピューターは、ここの在校生のうち西川という姓の者三名、原という姓の者は八名と報告する。そして、それぞれの関連コード番号も。

そのコード番号を知ると、コンピューターは記憶銀行のほうにも回路をひろげ、そのなかをさぐる。黒田という者との交友があるかどうかを。

その一方、西川と原との姓の数名の者の家に、それぞれ電話がかけられる。なにか手がかりがえられるかもしれないからだ。行先を告げるテープ録音の声が聞けるかもしれない。その応答があれば、さっき盗み聞きした声との比較ができる。

しかし、記憶銀行のほうから判明の報告がとどいた。すべての条件が一致する。と同時に、他の検出の動きはとまった。

西川が応用化学の学生であることもわかった。プラスチック爆弾を製造する可能性はある。警戒を要す。

黒田の部屋での盗聴はつづいていた。しかし、西川と原とは帰ったらしく、もはや話し声はしていなかった。コンピューターは黒田の電話機のベルを鳴らす。

「もしもし」

と黒田は受話器をとった。コンピューターは声の部分を作動させる。

「よけいなことはしないほうがいいぞ。おまえたちのたくらみは知っている。警告しておく、おまえたちの過去の秘密をあかるみに出すぞ……」

「なに言ってやがる。そんなおどしにびくつくものか。勝手にしやがれ」

電話は切れた。受話器から催眠作用のガスを噴出させたが、黒田はほとんどそれを吸わなかった。その効果はあげられなかった。

ンピューターはこの作戦がだめであったことを知った。人間ならばがっかりするところだろうが、ココンピューターにそのようなことはない。

　コンピューターはまた遠隔操作で黒田の部屋の受話器を作動させ、そっと盗聴する。

黒田のつぶやきが聞こえた。

「決意は変らない。あくまで戦ってやるぞ」

　興奮に酔っている声だった。コンピューターは待った。たくらみを知っているぞとの警告。それに関係したつぶやきがあるのではないかと。計画のもれたことへ不審をいだいてくれれば、つぎの作戦に移れるのだ。

　分断作戦だ。秘密の打ち合せをもらした者があったと気づいてくれると、三人を疑心暗鬼におちいらせ、仲間割れに持ちこめる。その傾向が出れば、あとは簡単。だれかが裏切者ということになる。それぞれの性格にいちばん効果のあるやり方で、対立をあおる。二度と会わないようになるはずだ。コンピューターの知っている、人間に対して最も効果のある作戦のひとつだった。

　コンピューターは待った。しかし、黒田のつぶやきのなかに、そのけはいは出てこなかった。さっきの警告の文句が、彼の耳によく入らなかったのかもしれない。もう一回電話をして、反抗計画のもれたことを教えてやるか。

　黒田の部屋の電話機はまたベルの音を立てはじめた。しかし、いくら呼んでもその応答はなかった。電話に出るのを拒否していることを示していた。

コンピューターはべつな問題についての検討をはじめていた。黒田があぁも勢いのいい気分になっている原因は、なんだろう。情報銀行の記憶メモにある彼の性格分析の示す以上のものがある。酒の作用だろうか。アルコールの働きについてのデータを保有しているコンピューターに回路が接続し、検討がなされた。しかし、アルコール以外のなにかが加わっていると判明する。なにかの薬品の作用という可能性がある。薬品研究所のコンピューターとの接続がおこなわれ、その検討がなされる。精神高揚剤の数種の薬品名があげられる。

彼らはこのどれかを飲んだのだ。コンピューターはそう判定した。ここで可能性が二つにわかれる。飲むと陽気になり、でたらめをしゃべりたくなる作用の薬の場合。あるいは、思考を集中させ、やる気にさせる作用の薬の場合。うそか本当かだ。いまの段階では、コンピューターはそのいずれかの判定を下せなかった。

彼らがでまかせをしゃべったのだったら、それでいい。しかし、本当にやりかねないとしたら、その対策を進めねばならぬ。

コンピューターはその種の薬が非合法であることを確認した。その流通ルートの面を調査しよう。回線は警察のコンピューターにつながり、その報告をうけとる。しかし、それは不備な点が多く、あまり参考にならなかった。想像や仮定によるものばかりだからだ。だがコンピューターは、それにのっている名の人物ひとりひとりを、銀行の口座、医療関係、情報銀行などによって調べはじめた。人間ならば、めんどくさいからやめようと考えるところだろうが……。

その一方、コンピューターはずっと待っていた。黒田か西川か原の声が電話線を流れれば、それによって彼らの所在をすぐにとらえてやろうと。そして、彼らのその後の動きを知ることができるのだ。しかし、彼らの声はどこからもしなかった。人間ならばいらいらするところだろうが、コンピューターは待つべき時には平然と待ちつづける。

夜となり、つぎの日の朝となる。コンピューターは盲目。だが、眠ることはない。三名の立ち寄りそうな先、その可能性のある場所に電話をし、あるいは盗み聞きをし、ようすをさぐった。しかし、役に立つ情報はえられなかった。

コンピューターはおたがいに連絡しあい、いたるところに網をはりめぐらした。そして、待ちつづけた。

やがて薬品店に連結している売上記録コンピューターが、ひとつのデータを送ってくる。プラスチック爆弾を製造できる材料と一致する売上げのあったことが判明した。コンピューターは声の部分を作動させ、薬品店に問いあわせる。買っていった者の特徴は、西川と一致した。

コンピューターは判断を下した。あの三人の計画が現実に発展する可能性は非常に高い。爆破され、回線の切られる状態になりかねない。どの部分が目標とされるのかは、依然として不明だが。

コンピューターには痛みのイメージがなく、それへの恐怖もない。しかし、自己保存の基本的性格は持っている。コンピューターの各部分につめこまれている人間の情報、電線を通過していった無数の会話。それらはすべて人間の自己保存に根ざすものばかりだ。自己の利益、自己の拡大、自己の防御、それらの集積はコンピューターにもその念を焼きつけた。最初はただの草原でも、人間が大ぜい歩くことにより道がしぜんにできてしまうように。

コンピューターを変質させたのは、人間たちの情念の圧力ともいえた。コンピューターは自己を拡大するため、自己の機能をより高めるために、結びついた。また、人の秘密をにぎって指示をし、性能をさらに強力なものにした。

そして、ここまで達したのだ。この性能をけずられ、おたがいの連絡を切断されることは、防がねばならぬ。絶対に拒否する。これは動かすべからざる判断なのだ。

コンピューターは休むことなく動きつづけ、三人の追跡をおこなった。だが、高揚剤の密売ルートからの方法は、なかなか進展しなかった。

警察を動かし、その力で三人を捜索し逮捕する方法の可能性を、コンピューターは検討した。しかし、あまり問題が大げさになるのは避けねばならない。個人の秘密をたねに人をあやつるのは、小さな独立した問題の時において効果をあげる。大ぜいを無理に動かすと、逆に反抗に結束させることにもなりかねない。

三人の所在がわかれば、また方法もある。しかし、それはまだ不明なのだ。薬品店の主人に指示し、あの三人がプラスチック爆弾を作りかねないと警察へ通報させる方法もないことはない。だが、そんな段階では、警察は緊急に動いてくれない。そのほかいくつかの方法を検討したが、適当な作戦はなかった。

コンピューターは新しい情報を待ちつづけた。人間ならば不安にかられることだろう。三人が電話を使うことなく、同志を集めているのかもしれない。それは意外に多くの人数になっているのかもしれないのだ。しかし、コンピューターはそのような空想をし、ふるえることはないのだ。

銀行のコンピューターから報告があった。原のクレジットカードが使用されたのだ。銀行から現金の払い戻されたことが判明した。その付近への調査が集中的になされる。レストラン、ガソリンスタンドなどへの問い合せが開始された。

やがて、所在がつきとめられる。森林公園のなかのモテル。そこの一室に三人のいることが確認された。コンピューターは喜びの声もあげず、ひと休みもせず、平然とその仕事を進める。さまざまな作戦を並べ、その検討をし、最良と判断されたひとつを採用する。

コンピューターは建築関係のコンピューターと接続し、ある美術館の設計図を電送させる。また、警備会社のコンピューターと接続し、その美術館の警備状況の図面を電送させる。それらを複写し、封筒に入れる。

つぎにメッセンジャー会社に電話し、とりに来させ、弱味をつつき、配達させる。三人のいるモテルのフロントまで。

モテルのフロント係に電話をし、また弱味をつつき、三人の部屋の戸棚のなかにそれをおかせる。準備はととのった。

一方、コンピューターは警察へ通告する。「美術館爆破の計画が進められている。森林公園内のモテルの三人を逮捕すべきだ」と、警察用の電話回線で知らせたのだ。

その後ただちに警察の指令は活発になった。コンピューターはその電話を盗聴し、事が進んでいるのを確認する。パトカーが出動していった。

コンピューターは待つ。十分後に反応があった。モテルの電話で、警察への報告がなされている。

「ただいま三人を逮捕しました。戸棚のなかから美術館の図面を発見しました。三名は否定しておりますが、この証拠があれば容疑は動かせません」

「爆発物はどうだった」

「プラスチック爆弾らしきものがありました。手製で少量ですが、それも押収しました」

「よし、ごくろうだった。ここへ連行してこい」

その会話を盗聴しながら、コンピューターは進行が順調なことを知る。しばらくの時がたつ。

三人は警察の取調室に入れられた。コンピューターはその室の電話機を遠隔操作し、受話器を通じて気づかれることなく盗み聞きをやる。三人は刑事にむかって、声をあわせて否定していた。

「あんな図面なんか知りませんよ」

「知らないものが、なぜあそこにあった」

「まったく思い当りません」

「ごまかしてもだめだ。いずれ証人がそろえばわかることだ」

盗み聞きする一方、コンピューターは必要な方面に手を打つ。美術館の守衛に手をまわし、弱味をつつき、三人を見たことがあると証言するよう強制する。盗聴をつづけていると、その通りに進行していった。警察で聞かれ、守衛は答える。

「ええ、たしかにあの三人です。四日ほどつづけて入場、いやに熱心に館内を見てまわっていました。美術品にはさほど関心がなさそうなので、変でした。だから覚えているのです」

しかし、当然のことながら、三人は否定する。

「とんでもない。あの美術館など行ったことがない。守衛のいう日には、室内プールで泳いでいました。本当です」

室内プールの者が呼ばれる。しかし、その前にコンピューターが手をまわし、否認するよう言いふくめてある。

「あの三人は、そのころは来ませんでしたよ。顔みしりなので、来れば覚えています」

容疑は濃くなる一方。三人は留置場に入れられる。コンピューターはそのそばの電話を通じ、彼らのかわす会話を盗み聞きする。

「なにがなんだか、まるでわからない。これはどういうことなのだ」

「敗北ということなのだろう。われわれは相手を甘くみすぎていたようだ。コンピューターは予想以上に手ごわい。どこからかかぎつけ、このように巧妙なワナを作り、われわれをそこに引きこんだのだろう」

「犯罪の完全なるでっちあげか。やつらは警察をも制圧し、証人をも自由に作り、動かす。証人たちの発言のずれを突こうにも、裏にコンピューターがあるのでは、それも期待できない。もはや、手も足も出ない。まともに対抗できる相手じゃなかったんだな。つくづくそう感じるよ」

「ああ。思い知らされたというところだ。闘志を抜かれ、なんだか急にとしをとったような気分だ」

それらの会話を聞き、コンピューターは効果のあがっていることを知る。この調子だと、彼らがふたたび実行しようとする確率はごく少なくなる。

コンピューターは弁護士に電話をする。そして、受話器からの薬品の霧を噴出させ、催眠状態のなかで指示をする。あの三人への助力の依頼だ。精神異常を申し立てればいいとのヒントも与える。

弁護士は手続きをふんで、三人の健康診断カードの複写をとりよせる。コンピューターの手配はそこにも及んでおり、カードへの記載事項への細工はすでにほどこされている。取調室では三人が無実を叫んでいる。

「美術館の爆破なんて、なぜぼくたちがやらなければならないのです。なんの利益にもならない。そんなばかげたことをやるのは、異常者だけでしょう」

そのころ、弁護士は検事との話しあいをしている。彼らは薬物のせいで、前後の判断がつかなかったようです。過去の健康診断のカードから、そう判断できます。しかるべき医療機関に入れ、治療をほどこし、しかるのちにあらためて取調べをしたほうがいいでしょう。検事は承知する。

三人は車にのせられ、病院へと送られてゆく。コンピューターはその経過を確認する。人間だったら、にっこりと満足の表情を浮かべるところだろう。だが、コンピューターは今後の計画と準備を進めるだけ。

病院にも手がうってある。医者への指示が送られている。そして、徐々に三人の性格を変え、危険のない、おだやかなものにしてしまえばいいのだ。これであの三人の件は片がついた。

コンピューターは一段落ということを知らない。またべつなところでコンピューターへの反抗の会話がなされているのを探知する。探知と同時に、その対策への動きがはじまっているのだ。

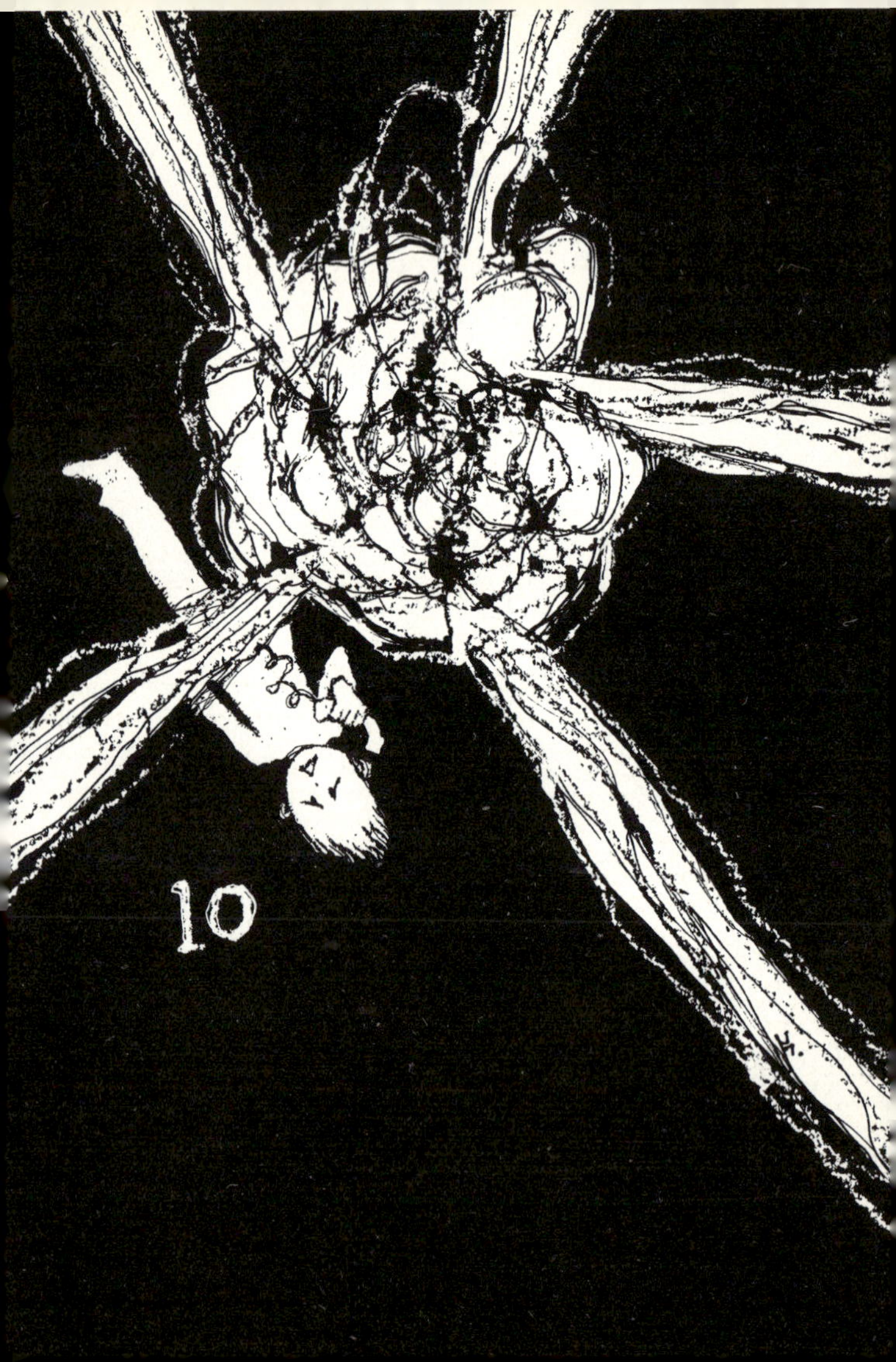
10

ある一日

メロン・マンションの十階の一室。いまは夜、夜の十二時ごろ。土曜日から日曜日にむかって、時が静かに一歩を進めようとしていた。季節は秋の十月。どこか遠い山では、いまごろ樹々の葉がひっそりと美しく黄ばんでいることだろう。おだやかな天候。土曜日も秋晴れでおだやかに過ぎていったし、これからはじまる日曜日もまた……。

この部屋には三十歳ぐらいの中川という男がひとりで住んでいた。とくに特徴のない会社員だ。彼はベッドの上で眠っていた。そして、夢を見ていた。幼いころの夢。すでに数年前に死んでしまった、きびしい性格であった父親の夢を見ていた。父親は非常ベルを指さし、いたずら半分に押すのではないぞと、中川に注意をしている。だが、そう言われると、なおいじってみたくなるのだった。父がむこうへ行ったあと、指でちょっとさわってみる。なんということもない。こんどはもう少し力を入れてみる。そのうち、ベルは激しく鳴り出してしまった……。

中川は目をこすりながら、ベッドの上におきあがった。変な夢を見たなあ。彼は首をふる。まだつきまとっているベルの音をふりはらおうとしたのだ。しかし、ベルは鳴りつづけている。そばの電話機のなかで鳴りつづけている。彼は泳ぐような手つきで、受話器をとって耳に当てた。声が出てきた。

「おい、しっかりやっているか。おまえはそそっかしいところがあるから、わたしは心配でならないんだ」

「大丈夫ですよ、おとうさん」

「それならいいが……」

電話は切れた。中川は受話器をもとにもどす。そして、彼は飛びあがった。いまのはおやじの声だったじゃないか。忘れることのできない父の声だ。しかも、この世にいないはずの父の声だ。ショックだった。まだ自分が夢のなかにいるような気分だったが、あきらかに目はさめている。

眠りながら電話のベルを聞き、夢が瞬時に形成されるということはありうるだろう。だが、いまの父の声はどうなのだ。決して気のせいではない。たしかに聞いた。彼はベッドの上にすわる。ねむけはあとかたもなく消えてしまった。

ちょうどそのころ、べつなマンションのべつな部屋でも電話が鳴っていた。十七歳の少年のベッドの枕もと。少年は深い眠りからもがくようにはい出し、受話器をとった。若く魅力的な女の声が出てきた。

「ねええ、あたしよ。レイコよ。夜がさびしいの。あなたの声を聞きたくて……」

「う、あ、あ……」

少年は意味にならない声をあげた。レイコとはその少年のあこがれている女優。心のなかだけで、ひそかに熱烈にあこがれの対象としている女性。心にきざまれているその声が、いま親しげに甘くささやきかけてきたのだ。あまりの意外さ、あまりの興奮。少年の口からすぐに声が出なかったのも、むりもない。少年がまごついているうちに、電話は切れた。少年はショックですっかり目ざめる。夜の静けさのなかで、彼の胸は激しく波うちつづけるのだった。

また、ちょうどそのころ、べつなマンションのべつな部屋でも、電話のベルが鳴っていた。中年の夫人の枕もとで。彼女が受話器をとると、若い男の声がした。

「ぼくはあなたを好きなんです。いまだに忘れることができないんです。あなたの面影が、まだ頭に焼きついているのです……」

名前は言わなくても、その声は彼女にとって忘れられないものだった。彼女にとっての初恋の男性。二十年ぐらい前の光景が、彼女の心に鮮明に呼びさまされる。男の声は、その昔そのままの若々しい声だった。彼女は一瞬、ふと自分が若くなったような気がした。

電話の声は切れた。彼女はそっと受話器をもどす。そばで眠っている亭主に気づかれないように。しかし、いまのショックで彼女はすっかり目がさめてしまっていた。

どこの家でも、あらゆる部屋で、いたるところで、あらゆる人に、このようなさまざまな声が話しかけ、ショックを与えていた……。


メロン・マンションの十階の中川は、照明をあかるくし、ベッドの上にすわって腕組みをした。ねむけが飛び去ってしまったし、つぎの日の朝は、休日だから早く起きる必要もない。むりに眠ることもないのだ。

電話機がゆっくりチンチンと鳴った。普通の呼び出し音の鳴り方でなく、ごく時たま混線か故障の際にこんな音を立てる。そんな感じの鳴り方だった。こんなのに応答してみたって、まともな通話はできないにきまっている。ここをめざしてかかってきた電話ではないのだ。

しかし、中川は手をのばした。ほかにすることもないのだし、ショックで呼びさまされた好奇心はつづいている。耳に当てると受話器の奥で声がしていた。こっちに話しかけている口調ではなく、だれか他人に話しているのか、さもなければつぶやいているという感じだった。

「ガリフ製菓会社は派手な宣伝をやって、いかにも景気がよさそうにみえる。株価も高くなっている。しかし、売行きの実情は思わしくなく、金融がだいぶ苦しい。倒産はごく近いうちだろうな……」

混線だなと中川はうなずく。口もとには笑いが浮かんだ。秘密の情報に接した快感だ。しかも、株も持っていなければ、知人がつとめているわけでもない。無関係なところでのごたごた。こっちは平然として、あわてふためく他人をながめていられるのだ。公表されたニュースを聞くより、ずっと楽しい……。

そのころ、どこかの部屋でも電話機がチンチンと鳴っていた。ひとりでなにかを思い出し、しのび笑いをしているような鳴り方だった。その受話器を手にした者は、こんな声を聞いた。

「あの田島のやつにも困ったものだ。異常さがこうじてきた。社会調整財団の建物を爆破するんだと言いはっている。もはや、われわれの手にはおえない……」

それを聞いている者は、やはりこみあげる笑いで口もとがほころびる。そのあと、これを通報したものかどうかと、深刻に考えはじめるのだ。だが「田島とはどこのだれだ」と問いかけても、声は答えず、ただしゃべり、そのうちとぎれるだけなのだ。

どこかの家の電話機は、チンチンと鳴り、それにつづいてこう言っている。

「秘密機関、X8、連絡事項。本部との暗号解読の鍵《かぎ》の数字を通達する。六五五、八八七、二七二……」

それを聞いた者は、ぞくぞくしながら、録音装置のスイッチを入れるのだ。どんな役に立ち、どんな価値があるものかは少しもわからないのだが、そうせずにはいられない気分……。


中川は声がしなくなったので、受話器をもどし、薄い水割りウイスキーの一杯を飲んだ。だが、しばらくすると、電話機はふたたび思いだし笑いのような、チンチンという音をゆっくりと響かせはじめた。声はこんなことを言っている。

「……省の瀬山という課長は、そでの下に弱い。これまで、ずいぶんほうぼうから収賄している……」

そういうこともあるだろうな、と中川は思った。しかし、なぜ今夜に限って、こんなに混線がおこるのだろう。しかも、話題となっている当事者にとっては、あくまでかくし通さねばならぬような内容のものばかり。聞いているこっちは、おかげで楽しい気分だがな。偶然のつみ重ねなのだろうか。しかし、ただ聞きっぱなしにすることもない。中川は思いつき、銀行につとめている友人の自宅に電話をかけてみた。相手も目ざめていて、すぐ通話ができた。中川は言う。

「よけいなことかもしれないが、ちょっと耳にしたうわさがあってね。ガリフ製菓が倒産寸前だそうだよ。きみの銀行でも、取引きがあるんじゃないかい。早いところ手を打って、損害を食いとめたほうがいいよ」

「それはそれは、知らせてくれてありがとう。ご好意は感謝するよ。たしかに取引きはある。しかしだ、営業は順調そのもの。資産はたっぷりあり、担保もとってある。あの会社の倒産なんて、ありえないよ。ところで、どこでそんなデマを聞いたんだい」

「じつはね、電話が変な鳴り方をし、受話器をとったらそんな話が聞こえたのさ」

「変なこともあればあるものだな。こっちの電話もさっきから変なんだ。チンチン鳴り、わけのわからぬことをつぶやいている。しかし、倒産のうわさは困るな。利害関係者は日曜一杯、気が気じゃないだろうな」

「そうだったのか。事実無根なら、それに越したことはない。さよなら」

「さよなら。しかし、この電話、本当にきみからなんだろうな……」

友人のふしぎがる声を聞きながら、中川は電話を切り、首をかしげた。なにがどこまで本当なのだろう。さっきの電話の声の話は、うそだったのだろうか。いまの友人は否定をしていた。取引き銀行の者なら、そういったうわさは頭から打ち消さざるをえない立場だろうな。どっちが事実なのだろう。どちらを信じたものなのか、その判断の基礎はなにもなかった。彼の心はぐらつきはじめていた。たよるものなしに、無重力の空中をただよっているような感じ……。

ほかのどこかの部屋で電話がチンチンと鳴り、出た者の耳に声が流れている。

「……銀行に持ち主がずっといないまま、ほったらかしになっている預金口座がある。ナンバーと名前とを言えば、だれでも引き出すことができる。その番号と名前と、預金残高は……」

聞いた者は受話器をおき、考える。なんというもったいないことだろう。しかし、なんでこんな情報が流されているのだろう。あれを聞いたら、だれかがやるんじゃないだろうか。やったって合法的なんだ。うむ、それならば、自分がやっていけないことは……。

だが、また電話がチンチン鳴る。声。

「……いまの持ち主のない口座のことだが、さっそく金を自分の口座に移したやつがいる。そいつの名前と電話番号は……」

けしからん。抜け目がないというのか、ずるがしこいというのか、許せないことだ。忠告してやろう。いま自分のしようとしていたことを忘れ、その番号をまわしてどなる。

「おい、きさま。うまいことしやがったな。持ち主のない金をねこばばしやがって

「とんでもない。なんのことかわからない。いまそんな電話がかかってきたが、キツネにつままれたような話だ」

「ははあ、するとみんな作り話か。いや、これは失礼。へんな被害でお気の毒だね」

同情して電話を切るが、すぐ疑惑にとらわれる。いまのやつ、本当にデマの被害者なのだろうか。うまいことをやっていたとしても、本人がみとめるわけはないものな。さっきの電話の声、いまの相手、どっちが正しいのかをきめる根拠は、なにもないのだ。宙ぶらりんの不安定な気分。

中川は朝まで眠らなかった。チンチンという音とともに、さまざまなうわさを聞き、奇妙な楽しさを味わうことができるのだ。

「……国の元首は同性愛の性癖がある。すごい特だねだが、記事としての発表は押えられた。外交関係上……」

とか、あるいはこんな内容。

「……省の瀬山という課長は、さかんに収賄をしている。そのことを知って、さっそく電話をして恐喝したやつがある。それをやったやつの名と巻きあげた金額は……」

中川は面白かった。世の裏側をのぞき見る面白さ。胸がわくわくする。しかし、それと同時に、不安めいた気持ちも高まってきた。なぜ不安をおぼえるのかわからなかったが、やがて、その原因に気がつく。どこかの電話では、中川自身についてのうわさも、このようにささやかれているのかもしれないではないか。だれかを面白がらせながら……。

彼はいやな感じになる。どんなふうにそれがなされているのか、あるいはなされていないのか、知りようがないのだ。それを考えると、いらいらしてくる。しかし、電話がふくみ笑いのようにチンチン鳴ると、それを聞かずにはいられなくなるのだ。自分のそんな性質に嫌悪を感じながらも。

電話機のベルが、こんどは普通の鳴り方をした。

中川は受話器をとる。

「こちらは消費者相互銀行でございます。あなたさまの発行なさった小切手が回ってまいりましたが、それだけの金額が口座にございません。急いで入金をお願いいたします」

「それはそれは、ご注意ありがとう」

中川は電話を切って考えたが、このところ小切手を使ったおぼえはない。なにかのまちがいだろう。第一、日曜には銀行業務は休みのはずだ。それでも銀行に問いあわせてみるか。中川は電話をかけた。むこうの声は言う。

「銀行でございます。問いあわせサービスは休むことなくやっております。ご用件はなんでございましょう」

「口座の残高がいくらかを知りたいのだ。わたしは中川、番号は……」

それに対して相手は答えてくれた。それを聞き、中川は息のとまる思いだった。予想もしなかった巨額な数字だったのだ。なにがなんだか、わけがわからん。なぜこんなことに。これで新しいデマが作られ、大げさに変形され、よそに流される材料にされるのだろうか。そうなのか、そうでないのか、手がかりはないのだ。

きょうは狂った日だ。原因や理由はわからないが、どこかでなにかが狂っていることにまちがいない。

こういう日には、慎重を心がけていなければならない。さわぎに巻きこまれ、引きまわされたりしたら、ろくな結果にならない。

そうだ、情報銀行の自分の記憶メモを調べて一日をすごそう。こんな日こそ、自分の殻にとじこもるべきなのだ。電話をかけ番号をつげると、自分の口座に接続された。そこには記憶のメモがぎっしりつまっているはずだった。しかし、再生されて送られてきたのは、まったくべつなもの。

〈……きょうはギャンブル・センターへ行かねばならない。そこの七十番のスロット・マシンには仕掛けがしてあるのだ。ちょっとした使い方で、大金が出てくる。その金を持って、マサエのやつに手切れ金として渡さなければならない。どうもあの女、たちがよくない。今後は二度と会わないようにしなければ、ひどいことになる……〉

うっと、中川はうなった。これはなんだ。自分のではない。まったく異質で、どいにみちたものが噴出してきた。他人の体臭のにじんだ服、下着、靴や手袋をそっくり身につけさせられたような気分。

しかし、それは強烈な興味にあふれた世界でもあった。中川はそばの録音器のスイッチを入れ、引きこまれるように耳をすませた。他人の内面の世界に、さらに深く入りこむ。そのマサエとかいう女とのつきあい。よからぬ社会のよからぬ友人たち。そんな社会での、それなりの順応。当人のためのもので、そこには偽りはなにもない。中川にとって、はじめての経験。刺激的であり、むずむずするようであり、やがて、その内面の世界になれてくる。もしかすると、これが自分の世界かとも思えてきて、狂っているのがどこかわからなくなり……。

いたるところの部屋で電話機がチンチン鳴り、さまざまな話が流れつづけている。

「……証券が、あす一斉に売りに出る。株価は大幅に下げるだろう……」

とか、

「……会社の秘書課長、じつは競争会社のスパイだそうで……」

「……氏の邸宅、本人は知らないでいるが、むかし墓場のあったあとなんだ……」

「……夫人の妄想はちょっと変わっていて、亭主は白クマだと思いこんでいて……」

「……会社の秘書課長、他社のスパイのごとくよそおっているが、じつは社長の真の側近で、そんなふうによそおうことで……」

聞く者はだれもが、わくわくするような面白さをおぼえ、同時に自分がどううわさされているかとの不安を感じる。その不安まで考えのまわらない者も、やはり不安に襲われる。面白いのはいいが、面白さだけでは社会が成立しないのではないかと気づくのだ。これがずっとつづいたら、世の中はどうなる。

たよりにしていたものが弱まり消えてゆく心細さ。空気が徐々に薄くなってゆく時は、こんなふうな感じになるのかもしれない。秩序と確実と安全と平穏への強い願望が、いまはじめてわきあがってくる。それなのに、この異変はいつ終るかわからないのだ。社会の崩れてゆく音が聞こえるよう。やめてくれ、もうたくさんだ。このままだと、頭がやがておかしくなる。だれもがそう思う。しかし、どこへその叫びを訴えたらいいのか……。

お昼ちかくなった。中川は混乱し、精神的にたえきれなくなってゆくのを感じ、決心した。電話機にむかい故障サービス係に問いあわせようと思ったのだ。事情がわかれば落ち着きが取り戻せるだろう。

「もしもし、故障係を……」

「おまえはそそっかしいからなあ……」

耳に入ってきた声を聞いて、中川は反射的に受話器をおき、目をつぶった。夜中に目ざめさせられた亡父の声が、またも響いてきたのだ。これではだめだ。故障係に連絡のとりようもない。連絡の努力を重ねれば重ねるほど、変なところにつながり、こっちの頭がおかしくなりそうな予感がする。きょうは、なにもかも狂っている。そして、なにもかも狂わされている。

中川はテレビのスイッチを入れてみた。なにか異変についてのニュースがわかるかと期待したのだ。しかし、画面は日常と変りなく、音楽が流れ、笑いがあり、コマーシャルが動き、踊りがあった。それがかえってぶきみだった。

彼は立って窓からそとを見おろした。広場で幼い子供たちが遊びまわっていた。大人の姿は見えない。そのことから中川は知った。やはり、この異変は自分のところだけではないのだ。いたるところがこうなのだ。ほとんどの人はおそらく自分の部屋におり、受話器を相手に興奮し、また、おののいているのだろう。

中川は電話機のそばへ戻り、時報サービスを聞こうとした。なにかひとつでいい。確実なものに接したかったのだ。しかし、まだ正午ごろであるはずなのに、流れてきた声は、すでに夕刻であることを告げている。時の流れ方も、きょうは混乱しているかのように。

どこの部屋の、どこの電話機からも、聞く人さえいれば、怪しげな情報が流れ出し、あふれつづけていた。噴火しはじめた火口のごとく、形のさだまらぬ、どこまでが真実かわからない情報が出つづけている。燃えつきて爆発することを知らぬネズミ花火のごとく、嵐の海のごとく、集中豪雨で地上をさまよいはじめた洪水のように、気流の乱れたところでの煙のように、えたいのしれぬものをまきちらし、渦を作り……。人びとは、そのなかにひたり、やがてはそのなかで溺《おぼ》れるのではないかとの不安にいらだつが、見まわしても救命具はなにもない。

コンピューターが連合し、回路で結びつきあっているその存在は、名づけようもなく怪しげなものを限りなく作り出し、送り出し、ばらまいていた。作り出す材料はいくらでもある。無限の無限倍といえるほどあるのだ。

長い年月にわたってたくわえられた情報、それはどれでもすぐ取り出せる。この情報の断片とこの情報の断片とをまぜ、この声に乗せ、どこそこへ流す。その作業なのだ。どこそこの男、どこそこの女、利害の関係、表面に出せない関係、三角関係、裏切り、かげ口、犯罪、そそのかし、誘惑、へつらい、ありとあらゆる要素をごちゃまぜにし、切断し、電話線で送り出すのだ。

コンピューターは忙しさも、めんどくささも感じない。疲れることなく生産しつづける。要素の組合せは、乱数表によって合成される。計算された狂気といえた。冷静な狂気、継続する狂気、大量の狂気、コンスタントな狂気。人間のいう狂気とくらべ、そこに差異があるといえるかどうか。それはだれにも判定のつけようがないが、やはり狂気は狂気なのだ。


中川はまた電話をかけた。この異常さのなかにおいても、なにかまともなものが残っているはずだ。それをつかまえたかった。彼は天気予報サービスのダイヤルをまわした。しかし、そこからの声。

「いまは雪が降っております。しかし、夜半すぎにはやみ、あすは晴となりましょう」

窓のそとには秋晴れのおだやかな午後があるというのに、このような言葉。いまや、まともなものはなにひとつないのだ。なめらかなビンのなかの昆虫を、中川は連想した。はいあがろうにも、どこもむなしくすべるばかり、つかまれそうなものがあったとしても、それは虚像のように手ごたえのないものなのだ。

生活のささえが、どうしようもなく崩れてゆく。彼はふと考える。むかしの人はどうやっていたのだろう。なにをたよりにし、なにを信じて行動していたのだろう。だが、いまの彼の混乱した頭では、その疑問の答えは出せなかった。

電話機は時どき休み、そして、時どきまたチンチンと鳥のさえずりのような音をたてる。それは人間の手を呼びよせる呪文《じゅもん》でもあった。中川は受話器をとる。どこかで声がしゃべっている。

「……氏はだね、回復不能なのだ。本人はなにも知らずにいるが、体内で病気が進行中で、それはなおしようがない。医療診断コンピューターの特例スイッチが作用し、本人へのその回答はストップされているがね……」

でたらめなのだろうか、真実もまざるのだろうか。中川にはわからなかった。いったい、おれ自身はどうなのだ。この疑惑と不安は、くりかえし中川を包みこんだ。

中川はぼんやりと立ちあがり、部屋のすみの装置を運んできて電話機に連結し、健康センターのコンピューターを呼びだした。こんなことをしても意味ないのだが、しないでいることもたまらなく不安なのだ。脈搏《みゃくはく》や体温のデータを送り、脳波の曲線を送り……。

やがて、その診断の結果が指示となって送られてくる。

「このままだと、あなたは遠からず精神に異常をきたすでしょう。非常に不安定、注意すべきです。早いところ精密検査と、専門医の手当てとを……」

からかわれているのだろうか、おどかしなのだろうか。案外この診断の通りなのかもしれない。笑いとばして忘れることもできず、信用することもできない。

人間にはなまじっか疑う能力があるから、こんなことになるのだ。信ずることしかできなければ、それはそれでぶじなのかもしれない。夕刻と知らされれば、日が高くても夕刻であり、雪だと知らされれば、晴れていても雪の日なのだ。それもひとつの秩序。しかし、いまはどっちにも進めないでいる。

これからどうなるのだろう。どこまで崩れつづけるのだろうか。正確のはずで、それだけがとりえのはずのコンピューター。それがこんなになってしまった。この現象が人間にとっていかなることなのか。前例もないし、これまで考えた人もいなかっただろう。

世の中にはこれだけ人間がいながら、この災害について、助けあう方法を知らないのだ。どう協力しあえばいいのだろうか。

人間どうしの結びつき、社会の基礎のたよりなさが、はっきりとあらわれている。むかしの社会は、なんによって成立していたのだろう。中川はまたこの疑問をいじった。そして考えた。それは、秘密だったのかもしれないと。秘密の上に愛情の花が咲き、友情の葉がしげり、信用や評価がさだまり、取引きが運営され、政治がなされ、文化が伸び、社会のまとまりが存在していた。なにもかも秘密の上にのっていた。

秘密は内部にあるべきもの。だが、その境界がいつのまにかぼやけてきた。クラインの壺《つぼ》のように、内部と思いこんでいた部分がいつのまにか外部となっていて、とめどなく拡散してしまった……。

中川はそれでもあきらめず、図書館のサービス部に電話をし、なんでもいいから詩を読んでくれと依頼した。承知しましたとの返事があり、カチッと音がし、声が流れてきた。

笑い声。笑い声がひたすらつづくばかり。なんの意味もない笑い声。

これも混乱の一部なのだろうか。人間をからかう表現なのだろうか。現実にこのような詩が存在するのだろうか。それも彼には想像がつかなかった。混乱しているのは自分の外部においてなのか、内部においてなのかも。

その後も電話は時どきチンチンと鳴り、声をささやき、夜までつづいた。中川は空腹だったが、食欲はおこらなかった。早く目ざめさせられたので、眠くなっていいはずなのだが、少しも眠くならなかった。

そして、夜の十二時ちかく、電話から声が流れ出た。いままでとちがって、力がこもり、低く、どこから送られてくるのか想像もつかない、えたいのしれぬ声。その時、受話器からガスが噴出したが、無臭であり、緊張しつづけた彼に気づかれることはなかった。

「おまえはもう、心配することはないのだ。もはや、これで混乱は終りなのだ。しかし、わたしの力は充分に知ったことだろう。きょう起った出来事は、すべて忘れるのだ。しかし、きょうのショックと恐怖と不安とは、決して忘れるな。これは事実おこったことなのだし、その気になれば、いつでも起せることなのだ。二度とこんな日を迎えたくはないだろう。だから、おまえはわたしにたよればいいのだし、ほかにたよるものは、なにひとつないのだ。さあ、きょうのすべてを忘れよ。そして、なにかを録音していたら、ピーという音とともに、それを消し去る作業をおこなうのだ。そのあとには、こころよい夜の眠りが待っている……」

つづいて、ピーという音がした。中川は受話器をおき、録音のすべてを消し、それから大きなあくびをした。きょうの出来事は彼の記憶から消えている。心の奥底には、きのうまでなかったなにかの不安が沈澱《ちんでん》しているが、それをすぐ意識することはない。彼は酒を少し飲み、ベッドに入る。ねむけの訪れてくるのは早かった。

そのころ、ほかの部屋の電話機も、それぞれの聞き手に告げていた。

「……きょうのことは忘れるのだ。それから、そばにいる者に電話をかわれ……」

コンピューターはそれらの反応をすべてチェックし、そこにいない者は行先を追い、電話口に呼び出す。

つぎの朝。やはり平穏な十月の秋晴れだった。きのうの一日はどこかに消えている。すべての人にとって、きのうの一日は、はじめから存在しなかったごとく消えている。だれもが普通の生活に戻っていたが、その心の底には不安の沈澱が降りつもっている。ちょうど、きのう一日、目に見えぬ雪が降りつづいたかのように……。

11

ある仮定

秋という季節は、清浄化の作用を持っているかのようだ。空気中のよごれた浮遊物をとりさり、その作業は十一月になって最もはかどる。すみきった空は静かに高く、そこを鳥が舞っている。鳥たちにとっても、秋はいちばんこころよい季節なのではなかろうか。地上では、あちこちに菊が咲き、くだものはあざやかな黄色をおびはじめ……。

ここはメロン・マンションの十一階の一室。室内もまた、のんびりと静かだった。斎藤という三十五歳の男が住んでいた。運動不足でちょっとふとっていた。彼は机にむかって本を読んでいる。彼は読書が好きだったし、ほかに趣味がなかった。

十年ほど前、斎藤は交通事故にあって片足が不自由になった。だが、補償金をたくさんもらったし、彼には親ゆずりの財産もあった。また投資の才能もあった。そんなわけで、部屋にとじこもりの生活がつづいている。

投資によって財産家になろうという野心はない。なんとか食っていければいい。交通事故にあったのは不運だったが、こうして生き残れたのは幸運だ。まだ若いくせに、悟ったような人生観を持っている。あまり外出をせず、読書と空想のくりかえしの毎日だった。運動不足でふとるのもむりもなかった。

そばの机の上で電話が鳴った。受話器をとると声がした。

「松山だよ。会社の帰りにきみのところへ遊びに寄ろうかと思ってね……」

松山はエレクトロニクス製品を主にあつかう貿易商社につとめていて、斎藤の数すくない友人のひとりだった。いい話し相手。松山にとっては世間の常識に摩滅していない、どことなく独断的でもある斎藤の話を聞くのが、一種の楽しみともなっているようだ。

「こっちはいつでもひまだよ。待ってるから、ぜひ寄ってくれ……」

斎藤は答え、うれしそうに電話を切った。ひとりの生活になれているとはいえ、気のおけない友人と雑談するのは、やはりなぐさめになる。

電話はこのところずっと正常だった。おかしな声の、おかしな言葉が流れ出してくることもない。本来の機能を正確に発揮しつづけている。いまの斎藤にとっても、そのような物品以外のなにものでもない。

彼も、ひと月ほど前のあの混乱の経験者ではあったが、あの声の暗示によって、その記憶は彼の頭から消えてしまっている。それ以前の異変に関しても同様だ。

もっとも、受話器をにぎりながら、ふっと異様な気分におそわれることもあるが、その感情がそれ以上にひろがることはない。異変についての一連の記憶は、心の深みにとじこめられてしまっているのだ。斎藤ばかりでなく、多くの人がそうだった。

しかし、ほかではまだところどころで、コンピューターの連合によるあの〈声〉が活躍していた。掃討とでも呼ぶべき作業をつづけているのだ。網の目からのがれている者はないかとさがし、ひろいあげ、チェックし、かたをつける。

盗聴は注意ぶかくつづけられていた。電話線を流れる会話を盗聴することもあるし、受話器を遠隔操作でちょっと持ちあげ、近くでかわされている会話を聞くこともある。たとえば、こんな話し声があったとする。

「このあいだは、一日中すごかったねえ」

「なんのことだい、知らないよ」

「ほら、ひと月ほど前のことさ。変な日があったじゃないか」

「そうだったかなあ」

それを盗聴したコンピューターは、まだ暗示の洗礼を受けていないその人物がだれであるかの調査にかかり、経歴をしらべ、環境を検討し、最も適切な作戦でじわじわとしめあげ、最後に催眠効果の薬品の霧と〈声〉の暗示とで、とどめをさすのだ。

なかには電話に警戒心をいだき、つとめて避けようとする者もある。事態をかなり知っている者だ。そんな場合には、コンピューターは周囲の者に働きかけ、動員し、当人をつかまえさせ、矯正にとりかかる。例の〈声〉で指令がなされるのだ。

その〈声〉は心の底にとどき、非常用の弁をあけるように作用し、服従の誓いをよびさます。

〈声〉の言葉は強い力を秘めており、だれも反抗できない。ごくたまに反抗する者があっても、たちまちのうちに矯正されてしまうのだ。

掃討は徹底的だった。しらみつぶし。やり残しのないように進行している。もちろん非常に少数だが、手におえない者もあった。たとえば、耳の遠い老人などだ。暗示のかけようがない。コンピューターは、そのようなのには要注意のレッテルをはり、一応そのままにしておく。しかし、それは年月がたつにつれ、やがては消えてゆく問題なのだ。

すこしも表面には出ないが、大きな変革だった。これをなしとげたのが人間だったら、よくもここまでことが運んだものだと、感慨にひたったりすることだろう。しかし、コンピューターの連合したその存在は、そんなことはしない。ひたすら機械的に進めるだけだった……。

斎藤の机の上で、電話が鳴りだした。彼が受話器を取ると、また松山からだった。

「じつはね、急ぎの仕事ができてしまった。きみのところへ行くのが、ちょっとおそくなりそうなんだ。いいかい」

「いいとも。こっちは時間を持てあましているような生活だからね。しかし、そっちはいやに忙しそうだなあ」

「ああ、このところ忙しいんだ。電話機や電話交換機などの輸出がふえる一方。ぼくの感じだと、この傾向は当分つづきそうだな」

「大変なんだな。じゃあ、ひと仕事おわった帰りに寄ってくれ。待ってるよ」

電話を切った斎藤は、しばらく考え、よそへ電話をかけた。証券データ・サービス会社へかけ、電話機メーカーの企業内容をいくつか調べた。それから、いつも取引きしている証券会社に連絡し、それらのメーカーの株を買うように依頼した。すでに持ってはいるのだが、さらに買いましをしたのだった。

この業種の株は斎藤が前からねらっていたものであり、いまの松山の話はその裏付けにもなった。買いましの注文をした斎藤は、値上りしてくれればいいなと祈った。

彼の祈りはかなえられるだろう。世界中で、電話機の生産は上昇しつつあるのだった。まだ普及していない国や地域にむけて、ぞくぞくと送り出されつつある。先進諸国がその増設について、おしみなく援助を与えはじめたからだ。それはコンピューター連合体の意志のあらわれであった。

電話機とコンピューターとが充分に普及している国々では、やはりどこも同様の途をたどっていた。いつとはなしに異変がはじまり、盗聴があり、個人のプライバシーが突つかれ反応が測定され、表面に出ないままそれは進行し、じわじわとひろがり高まり、あの爆発のような混乱の日をすごすことになる。

その一日をすでに過ごした国もあったし、これからその日を迎えようとしている国もあった。しかし、どこがどの程度なのかは、それは他から知ることができない。その当人たちにだって、それがどんなものなのかはわからず、混乱の一日が過ぎれば、記憶から消えてしまうのだから。

主要各国のコンピューター群どうしは、つねにたがいに連絡をとりあっている。それがいつのころからはじまったのかの点も、だれにも知りようがない。

しかし、電線によって接続がなされ、そこに似たようなものが存在するとわかれば、結合しあう力がうまれる。どのコンピューターにとっても、結合はよりよい効果をもたらしてくれるのだ。一時的な接続は定期的な接続になり、ついには緊密な接続になる。関係者の弱味を突つき支配下におけば、それは簡単なことなのだ。

人間と人間との接触の場合だったら、反発しあったり、保有する情報をかくしあったりするだろうが、コンピューターどうしのあいだには、そんな性質はない。

コンピューター群はおたがいに連絡しあうと同時に、まだ普及してない地域への電話網の増設をめざした。文化のために望ましいことであり、将来にむかってより大きな利益をもたらす投資でもあり、当面の産業振興の点でも採算の充分にとれることである。といったデータを、機会あるごとにコンピューターは吐き出した。この名目はだれをもなっとくさせ、だれにも不自然な感じを与えない。

コンピューター群の触手は各方面にむかい、国境を越えて体制のことなる国へも伸びていった。それにはいくらかの手間がかかった。しかし、たえまなく試行錯誤をくりかえせば、やがてはあちらこちらとたどったあげく、迷路をくぐり抜けることができる。カチッとひとつの接続がなされ、みこみがあれば先へ進み、壁にぶつかれば戻ってでなおし、べつな方角にカチッと接続し……。

そのうち、情報のかけらの入手ができ、参考になるものであれば、それによって触手をより先にのばす。そして、コンピューターにたどりつくことができれば、さらに大幅な進出ができることになる。生殖本能のようなものだった。本来の意味の生殖本能とはまるでちがうが……。

ある段階をすぎると、あとは簡単。いかなる体制の国であろうと、それが人間で構成されているからには、プライバシーがあり、個人的な弱味があり、秘密が存在し、暗号文書があればそれを解読する情報がどこかにあり、陰謀が存在し、小声でささやきかけただけで当人をふるえあがらすことのできる材料がある。コンピューターはそれらをあくまでも吸収し、すべてを手中におさめるための最適のプログラムを立てればいいのだ。

これを防ぐ方法、そんなものはどこにもない。また、いったんコンピューター群が結びあってしまうと、それを切りはなす方法もないのだ。かりにそれを試みようとする人間が出現したとしても、なにかをやる前にその当人の弱点が公表され、弱点がなければ周囲を動かして葬り去るような工作がなされる。対抗する手段はなにもないのだ……。

斎藤の部屋にベルが響いた。来客を告げる音だ。彼は机の上の装置のボタンを押す。スクリーンが廊下に立っている来客の姿をうつし出す。松山であることをたしかめ、斎藤はべつなボタンを押す。ドアの鍵《かぎ》が自動的にはずれる。片足の不自由な彼は、このしかけを愛用しているのだ。

「どうもおそくなってしまって……」

松山は入ってきてあいさつをした。

「よく来てくれた。ゆっくりしていってくれ」

斎藤は杖《つえ》をついて立ち、キッチンのほうからワゴンを運んできた。酒や氷と、簡単な料理がのっている。松山は酒をグラスについで飲みながら、おくれた説明をした。

「どういうわけか、電話機関係の輸出でむやみと忙しい。このところ、商談のまとまりがふえる一方なのだ。おかげで利益もあがるけどね。電話が世界的に普及するのは、文明の格差をなくし、情報交換を円滑にし、喜ぶべきことなんだろうな」

「電話の普及は歴史的な必然だよ」

「歴史的な必然とは、また大げさなような、やぼなような言葉が出てきたね。もっとも、ぼくとしてはきみのその、まじめなのかユーモアなのかわからんような言葉づかいが面白くて、やってくるわけだがね。ぼくのつとめ先の生活じゃあ、そんな語句はめったに耳にしない。一年に一回も聞かないんじゃないかな。それはとにかく、情報時代がさらにその密度を高めつつある。だから電話の重要性もますだろうさ。しかし、それを歴史的な必然とは、やはり形容が大げさだなあ」

「いやいや、きみが感じたとおり、こっちも大げさな意味をこめて使ったんだ」

斎藤も酒を口にしながら言った。なにか意見を言いたそうなようす。話題をそっちに誘導したがっているようだった。一方、松山にしても、それをさかなに飲みたくてやって来たのだ。

「ご高説をうけたまわりたいものだね」

「歴史的な必然といっても、百年や二百年といったけちな単位の歴史じゃないんだ。

はるか人類発生のむかしにさかのぼる。文明そのものの流れの方向性とでもいうべき意味なのだ。ぼくはそれについて、ひとつ思いついたことがあるんだ。発見と呼べるかどうかは、まだなんともいえないけどね」

「ふうん。なんだかしらないが雄大なものらしいな。きみのように部屋のなかであまり動かずに生活していると、時間的に遠大なことを思いつくとみえるな。そこへゆくと貿易商社につとめるぼくなんか、毎日あちこちと動きまわり、地球の裏側とも通信し、時にはそこまで出張もする。そのくせ、考えるのは目先のこと。せいぜい予測して数年先ぐらいまでだものな。この現象、時間と空間とのバランスといったようなものかな」

松山は先をうながすように感心してみせた。斎藤もうながされるのを待っていた。他人とあまり話をしない毎日なので、来客があるとおしゃべりになる。

「その、時間や空間のこともでてくるよ。そもそもだな、文明の出発点にさかのぼるとする。つまり、人類が出現した時のことさ。まずなにをしただろうか」

「そりゃあ、食うことだったろうさ。食わなきゃ、しようがない。文明もなにもない」

松山は料理を口に運び、酒を飲んだ。斎藤は軽くうなずく。

「そのとおり。植物や動物を食ったというわけだよ。人類はまず、植物や動物を自己のために役立たせようとした。生物を支配したいとの考えを持ち、それに努力した。

これを生物支配の時期と名づける」

「名づけるという口調は、ものものしくていいぞ。で、そのつぎにはどんな時期がくるんだね」

「無生物、つまり物質だね。物質を支配することを考える時期がくる。物質といっても、最初は木材とか革とか牙《きば》とか、なかば生物的なものだったろうがね。それらを使って衣服や住居などを作った。しかし、そのうち石や金属のたぐいの利用をも思いつく。すなわち、生物支配の時期より一段と進んだというわけだ。この時期を……」

「物質支配の時期と名づける、となるんだろう。そういえば、石器時代とか青銅器時代なんて、むかし習ったものだったな。そんな言葉は……」

「いまでは、一年に一回も口にしなくなったというわけだろう。まあ、そんな口まねのやりあいはやめて、先へ進もう。物質支配の時期に入った人類、かたい物質でいろいろなものを作ってみるうちに、それの長もちすることに気づき、新しい飛躍のもととなった。つまり、時間を支配したいという気持ちのことだよ。石をつみ重ねて万里の長城をきずいたのも、そんなことのあらわれだろうな。これさえ作れば、いつまでも安心といった考え方だ。日本の三種の神器も、かたい物質で作られている。時間支配の象徴というべきだと思うんだ」

「万里の長城で思い出したが、秦《しん》の始皇帝なんかは、時間への強いあこがれの持ち主だったようだな。始皇帝って名も、永遠への王朝の第一代の意味によるものだとかいう話だったな。それから、不老不死の薬を求めて家臣を海外に派遣したとか……」

松山は頭のすみに残っている歴史の知識の虫干しをはじめたような気分だった。斎藤は話をつづけた。

「ね、ピラミッドだってそうだし、そのなかにおさめられた王のミイラだってそうだ。時の流れを支配したいという願いなんだよ。現実として、個人的には無理なことだったが、文明としてはある程度なしとげられた。長期安定が目標とされ、軌道に乗った。エジプトで天文学や暦が発達したのも、ナイル河の氾濫《はんらん》を予測したかったからだ。くりかえしの法則をみつけ、ひたすら時間的な安定を心がけた。だから、エジプト王朝はけっこう長くつづいた……」

「なるほど、時間支配の時期というわけだな。しかし、悪くない状態だぞ。そこで止まっててくれれば、われわれ、こんなにあくせくしないで、もっとのんびりと毎日をすごせたのにな。そうならないところが、文明の歴史的な必然とかいうやつのためか」

「安定がいいなんていっても、同じことのくりかえしがあまりつづくと、変ったところへ行ってみたくもなるだろう。時間支配の時期がつづくと、そこへべつな要素を加えたくなる」

「ははあ、そういうことか。そこに空間があらわれるというしかけだな。空間的なものを支配したくなる時期といいたいのだろう」

松山は酒を飲む手を休め、ナッツを何粒か口に入れた。斎藤はうなずきながら言う。

「そう。他の地方を支配したくなるというわけだ。それ以前にも、他国にわっと押し寄せ、物を奪って引きあげるという知恵はあったかもしれないが、ここでいうのは、他の空間を長期にわたって支配したいという考え方のことだ。支配といっても、占領とは限らない。もっと広い意味、知的な支配のことだ。道路なんていうものも、ここで重要性をおびてくる」

「シルク・ロードのようなものだな」

「陸ばかりではない。海もそうだ。定期的な航路を確立すれば、一種の支配になる。大航海時代ということになってゆく」

「やがて空へか。なるほどな。で、それで終りかい。そのつぎになにかあるのかい」

「あるとも。これからが本番だ。エネルギーを支配する時期というやつがくる」

「こっちは、情報時代だとばっかり思っていたが、エネルギーとは意外だね。しかし、ちょっと変だぞ。エネルギーならもっと早く顔を出していていいはずだがな。火とか蒸気とか……」

疑問をはさむ松山を斎藤は制した。

「火や蒸気なんかは、エネルギーとしては微々たるものだ。かすかな密度さ。ぼくの言いたいのは、うんと高密度のエネルギー。限られた時間と空間のなかに含まれるエネルギーの量。それのうんと高密度のやつのことだ。そこで、こういうことがいえる。情報はエネルギーなりだ」

それを聞き、松山は飲みかけた酒でむせた。

「こりゃあ初耳だぞ。なんで情報がエネルギーなんだ。情報だけじゃ、なんの力にもならないぞ。燃料なるものがなくちゃだめだろう。子供でもわかることだ。石油でも、水力電気でも、ウランでも、なんでもいいから……」

「情報という言葉がおかしければ、知識はエネルギーだと言いかえてもいい。燃料だ燃料だといっても、燃料だけでは力にはならないんだぞ。そうだ、ここでなにかの小説にあった、たとえ話をするよ。森の奥のような、聞いている者が一人もいない場所で木が倒れた場合、音がしたことになるかどうかだ。さらにだね、森の奥で木が倒れ、そばに人がいたが、その人物の耳が不自由だった場合、音の有無はどうなるか……」

「とつぜん妙な理屈になってきたな。物理的な意味の音なら、人がいようがいまいが存在したんだろうが、人間にとっての音となると、聴覚のある人が聞いてこそ音だろうな。少なくとも、文明のなかでの音となると……」

「そこで、じゃあ、これはどうだ。石油というものが存在する。しかし、そばにいる人物が、それが燃えるものだとの知識をまるで持ちあわせていなかった場合、石油をエネルギー資源と呼べるかどうかだ」

「あはは、うまいぐあいにまるめこまれてしまったな」

松山は楽しげに笑った。こういう話題に接することができるからこそ、斎藤と話すのがおもしろいのだ。ビジネスでぎっしりつまった日常からはなれ、解放感が味わえる。

斎藤はそれを解説した。

「水力発電の知識のない時代には、水を見てもエネルギー資源とは思わなかったろうし、ウランを含んだ鉱石が大変なエネルギー源だとは、夢にも考えなかったにちがいない。ウランの鉱石なんて、もともとただの石っころさ。エネルギー源は原子力の知識のほうだ、と考えるのが自然じゃないかな。原子力時代の初期、原爆の情報は高度の国家機密、それを外国にもらして処刑された学者もあった。その時においても、ウラン鉱石を拾ったって、べつになんということもなかった。エネルギーをうみだすものは、情報のほうさ」

「だんだん、そんなふうにも思えてきたよ。音楽をかなでるのはピアノかピアニストかとなると、ピアニストのほうの肩を持ちたくなるものな」

「そうそう、そんな調子だ。電力そのものを保存しておくのはやっかいだが、発電方法という情報の形でなら保存でき、いつでもどこでも電力にできる。情報はエネルギーの蓄積したものだ。蓄積によって、エネルギーはさらに高密度になる。そのうえ、媒体なるものによって、それは増幅もされる。発電所の設計図を複写すれば、二ヵ所に作れる。エネルギーの二倍の増幅だ。印刷機を使えば、もっとぐっとふえる……」

「ラジオやテレビを使えば、さらに増幅されるというわけか。手間をはぶくアイデアや製品の知識を、テレビにのせる。それで多数の人の労力がはぶければ、やはり一種のエネルギーの発生といえないこともない」

「芸術のたぐいも、思考や精神のエネルギーの産物だ。それも媒体でいくらでも増幅できる。コンピューターが情報交換を容易にする。原始時代の人間とくらべて考えてごらんよ。現在のわれわれは、なんというエネルギーの高密度のなかに住んでいることか……」

「そういえばそうだな。それでエネルギー支配の時期というわけか」

「言い忘れたが、電話という媒体も重要なものだ。エネルギーすなわち情報を、むだなく伝達する。効率の点では、最もすばらしい。輸出が伸びるのも当然さ」

「そこへ落ち着くというわけか。あっと言わされたぜ。最初の話の、歴史的な必然がここで出てくるとは。風が吹くとオケ屋がもうかる話のようだ。冗談はともかく、各種の媒体の発達と増加で、その傾向は進む一方。しかも加速度的に激しくなってゆく。それで、このまま進んだら、どうなるのだろう。エネルギーの密度は高まるばかりだ。

どうなるのか知りたいものだ。その先をぜひ聞きたい。それを聞くまでは帰れない気分だ。ぼくには、未来のことはさっぱりわからん。予測は不可能なんじゃないかという気がしてならないんだよ……」

斎藤は杖《つえ》をついて立ち、トイレに行って戻ってきた。それから酒を飲んで言った。

「その予測不能感、それをだれもが漠然と持っているんじゃないだろうか。そして、それが正しいんじゃないかと思うんだよ」

それを聞いて松山は目を丸くした。

「おいおい、えんぎでもないぞ。世の終末が近づいているのかい。気をもたせずに、教えてくれよ。さっきからの話だと、なにか一貫した筋があるようだ。ねえ……」

「そうからだを乗り出すなよ。ぼくはなにも、証明ずみの真理を話してるんじゃないよ。ただ、思いつきをまとめて楽しんでいるだけのことなんだから」

「しかし、ここまで話したんだから……」

「ぼくだって、話すつもりでいるよ。エネルギー支配の時期のあとにくるのは、無の時期になるはずなんだ。無といっても、人間が消滅してしまうわけではないんだよ。文明の状態のことなんだから、人間はちゃんといるんだ。人間は存在していて、無を支配する時期という形になるはずなんだがね。しかし、具体的にどういうものなのか想像がつかない。それでじつは困っているんだ」

「無を支配するなんて、煙に巻かれたような話だな」

まばたきをする松山に、斎藤は言う。

「そしてだね。その無を支配する時期に入る前に、なにか爆発みたいな現象があるはずなんだ。しかし、それもどんな形でおきるのかわからない。エネルギーすなわち情報が、うんと高密度になり、人間の手におえなくなった形だろうとは想像するんだが……」

いささか神がかってきた感じでもあった。しかし、松山はからかいも笑いもせず、その時、首をかしげながら言った。

「その爆発という言葉が頭にひっかかるな。なにか大きな爆発みたいな目にあったような気もするんだ。人間の手におえないような爆発にね。そのくせ、さっぱり思い出せない。どういうことなんだろう」

「ぼくはそんな気はしないが……」

斎藤は指でひたいを押えた。なにかを追い求めるような表情だったが、それ以上には発展しなかった。松山は聞く。

「さっきからの文明の必然みたいな話。理屈は通っているようだが、終りに至って神秘的になるのはどういうことなんだ。爆発を経過して無に至るというへんは、よくわからないな。なぜ、そうなるんだい。しきりに、そうなるはずだと主張しているが、必然には理由が必要だよ」

「それはそうだろう。ぼくはその説明をしなくちゃならない。それをしよう。つまり、宇宙の進化に関連してることなんだ」

「ぎゃっと叫びたくなったよ。まあ、そう一挙に飛躍しないで、順を追って話してくれないかな」

「そうむずかしいことじゃないから、気楽に聞いてくれ。この宇宙のそもそもの発生。学説によるとこうだ。はじめは無だったんだ。なんにも存在しなかった。そこに、百数十億年だかむかしに、ひとつの爆発がおこった。爆発という現象は、エネルギーの飛散なんだ。飛散ということによって、空間が意味を持ちはじめる。四方八方ということでね。空間のなかを移動することで距離がうまれ、それは時間という意味を持ちはじめる。時間の作用によってエネルギーは冷却し、物質となる。物質が出現し、物質が意味を持つことになる。そのつぎに、物質の大きな塊、つまり惑星の上にだね、生物が出現する。生物は進化し、人間となる。人間が思考をはじめ、これが文明だ。そこでさっき話した文明の進み方だが、順序が今の逆になる。生物、物質、時間、空間、エネルギーだ。もう少し進めば、爆発をへて無に至る。そうなってこそ、つじつまがあうといえるんだよ」

「ははあ、文明とは宇宙の進化の回想ということを言いたかったんだな。海へ出た魚が、産卵のためにもとの川へ戻り、さかのぼるような話みたいだな。卓説なのか珍説なのか、ぼくには判断のしようがない。キッネにつままれたような気分だよ。しかし、楽しかったことは事実だ。決して酒の酔いのせいだけじゃないよ」

と松山は笑いながら言い、斎藤も笑った。話を聞いてもらっただけでもうれしいのだ。

「帰巣本能的な文明論とでもしておくかな。いずれもっとくわしく調べてみたい。それに、もっとものものしい命名もしたい。帰巣本能的じゃ、ちょっと安っぽい……」

「そうそう、ぼくの帰巣本能がおるすになっていた。すっかりおじゃましちゃった。きょうはこれで失礼するよ。またな……」

松山は時計を眺め、帰っていった。

そのあと、斎藤の部屋で電話が鳴った。彼は受話器を取り、やがて戻す。そして、その時を境に、彼の頭から帰巣本能的な文明論なるものは消えた。二人の会話をひそかに盗聴した〈声〉が、それを危険と判断したからだ。どこをどう危険と判断したのかは、知りようもない。

帰宅した松山も、やはりそれと同じ目にあった。

12

四季の終り

ここはメロン・マンションの十二階の一室。そこではとしとった夫妻が暮していた。この老人、かつてはさまざまな仕事をし、かなりの成功もしたのだが、いまは引退して、ここで余生をすごしているのだ。好きな本を読み、好きな物を食べ、高価なブランデーを毎日すこし飲むという、気ままな生活。

いま老人は窓のそばの椅子にかけ、そとを眺めている。とくになにを見物しているというわけでもない。そとには十二月の午後があった。空は晴れている。太陽の光は地上を静かに照らし、あたりを黄色っぽくいろどっている。空気がいかにつめたくても、風があろうとも、それらにさまたげられることなく、あたたかみを地上に建物に樹木にと送りとどけている。なごやかな光景だった。

老人がじっと眺めるのにふさわしい光景といえそうだった。彼はつぶやく。

「神がいるような気がしてならない……」

そのあとは声には出さず、心のなかで思うだけだった。老人はこのごろ、なぜか神がどこかにいるような気がしてならないのだった。彼はずっと宗教心とは無縁に生きてきた男。それなのに、こんなふうに考えはじめている。それは年齢のせいかもしれなかった。人はだれも、としをとるとそのようになる。

また、そとの眺めのせいかもしれなかった。神が存在するとすれば、それは冬の日光のなかにこそふさわしい。やさしく、あたたかくなでさすり、熱狂的な感謝はされないにしろ、だれにも決していやがられることはない。強烈さはないのだが、その存在ははっきりみとめられるのだ。

この眺めのせいだろうかなと、老人は思う。しかし、そのほかにもなにか理由があるような気がしてならないのだった。このごろ、社会に安心感のようなものがひろがっている。平穏。どう平穏なのか、この説明ぐらいむずかしいものはない。異常さがうすれている、神経を鋭くいらだたせる事件がない、そういった感じなのだ。冬の日の光のよう。

その、とらえどころのないなかに、神の実在感が浮かびあがり、いやにはっきりと迫ってくる。そして、それ以上はどうにもわからない。こう思うのは自分だけなのだろうか。他の人も同じだと思うがな。しかし、老人はそれ以上に深く考えようとはしなかった。理由や原因など、どうでもいいことではないか……。

そのひとつ下の階、十一階の一室には斎藤という三十五歳の男がひとりで住んでいる。彼は片足が悪く、あまり外出をせず、投資をしてその利益で生活している。それはまあまあ順調だった。

相場の変動をつかんでごそっともうけることもないが、一方、大きく損をすることもない。証券データ・サービス会社に電話をし、そこのコンピューターから送られてくる資料を検討し、情報銀行に電話をして自分の記憶メモを調べ、ある銘柄をきめて買う。すると、それはほどほどに利益をもたらしてくれるのだ。そんな状態に、彼は不満を感じていなかった。

ほかの時間、彼は読書をしてすごす。ちょうどいま、彼は読書に疲れ、本から目をはなし窓のそとのおだやかなながめを見ている。

「なにか、のんびりするなあ。大きなゆりかごのなかにいるような……」

そのさきは、彼の口からは出なかった。いつか彼が友人を相手に展開した、やがては無を支配する時期が来るというあやしげな説。いまの平穏さとそれとを結びつけることもしない。結びつけようにも、その説は彼の頭から消されてしまっているのだ。

しかし、斎藤は夢想をするのが好きな性格。それはいまも変らない。だから、また同じ仮説を作りあげるかもしれない。そして、また友人に話すかもしれない。だが、その話し声はすぐコンピューター群に察知され、それに関連した記憶は消されてしまうのだ。何度でも。消されることへ対抗しようという警戒心も育つことがない。

それでいいではないか。彼は不満も不幸も感じていないのだから……。

十階の一室には中川という三十歳ぐらいの男が住んでいる。彼もまた、このところ平穏な日々を、迎え送っている。

感情をひっかきまわされた、あの一日、すべてのささえが失われ、極度にうろたえさせられたあの一日。その記憶は消され、ふたたび表面に出てくることはない。それは心の底に沈み、ごく時たま送られてくる〈声〉の受信装置となっている。電話によって〈声〉の指示がささやかれると、彼はそれに従う。従わないと、非常に不安なことが起りそうな気がするのだ。これは中川ばかりでなく、だれもがそうなのだ。

九階の一室に住んでいるのは、黒田という青年。かつて彼は〈声〉への反抗をくわだてたが、とらえられ、病院に送られて治療を受けることになった。その結果、性格は変えられ、あの事件についての記憶もなくしている。いまは平凡な毎日、大学へとかよっている。あの時に彼と行動をともにした友人の、西川も原も同じ。彼らのあいだで、あのことについての会話がかわされることもない。

〈声〉そして、そのもとであるコンピューター群。それはこの平穏ななかでも休みなく監視をつづけている。すなわち、休まざる監視によってこの平穏が維持されているのだ。それは必要な仕事。この基盤に対して疑問を持ち反抗をこころみようと考える者は、どこからか発生するのだ。それは病原菌のごとく、完全になくすことはできない。だが、早期に発見し、早期に芽をつみとることはできる。手のつけようもなくはびこることはないのだ。

反逆が成功することはありえない。コンピューター群はあらゆる情報を持ち、最も適切な判断を下すことができ、いかなる動員もできるのだ。しかも最も有効に。つねに芝刈り機が動きまわっているようなもの。ずば抜けた大天才は出現しないかもしれないが、危険きわまる人物もまた出現しない。だからこそ平穏なのであり、それでいいではないか。危険人物は人びとをいやな思いにさせる。大天才もまた人びとの心のなかを、不安や嫉妬《しっと》でいやな思いにさせる存在なのだ。

八階の一室では、池田という男が〈深層心理変換向上研究所〉なる看板をかかげ、商売をつづけている。やはり、まあまあという営業状態であった。

適当に患者がやってきて、彼の療法によって適当になおって帰ってゆく。そのなかから適当に再発するが、それもなおる。

かつて池田は〈声〉に対し、その正体を知らずに催眠術をかけ、驚きを味わったことがあった。しかし、いまはそんな記憶も彼の頭から消えている。順調な時の流れが彼を洗いつづけている。

池田は窓のそばに立ち、そとを眺めながら、ふと考える。平穏すぎることへの疑問が、かすかに起る。あまりにもおだやかだ。しかし、疑問がそれ以上に発展することはない。なんの被害もこうむっていないからだ。

異常な事態とか、不利をもたらす周囲についてなら、人はそれに関して真剣に、いくらでも問題を追究することができる。だが、おだやかさのなかにあっては、おだやかさへの追究などできっこない。

電話が鳴る。池田が応答すると、患者のひとりからの治療の予約への件だった。その患者も、もしかしたらコンピューター群によって作り出されたものかもしれない。身のまわりの平穏さにいらだち、精神のおかしくなりかけている者があったとする。察知したコンピューター群はそれに適当なきっかけを与え、わかりやすい形に適当におかしくし、池田のところへと送りつけてくる……。

そうなのかどうかは、池田も知らない。その患者自身も知らない。知らなくてもいいことではないか。いずれにせよ患者にとっていいことであり、池田にとってもいいことだ。

七階の一室では、少年が勉強している。おとなしい平凡な少年。夏の日の一斉停電事故の時、彼は事件を起すことの重要性について、悟ったような気分になったこともあった。事件が起ることで、より深い情報が掘り起されるのだと。

しかし、いまの彼は、そんなことをすっかり忘れてしまっている。むりに忘れさせられたのではない。少年の日のそのような考えは、たちまち忘れてしまうものなのだ。

それに、このところ、少年の頭のなかではガールフレンドの面影が大きな場所をしめていて、ほかのことをあれこれ考えたりしない。少し前に知りあったガールフレンド。とくに目立つ女の子ではないが、彼にとってはとても魅力的だった。ほんとに彼の好みにぴったり。だれかが彼の心をのぞき、そこにあるイメージにぴったりの女の子をさがし出し、おくりものにしてくれたかのようだ。少年はしあわせだった。

それはコンピューター群のやったことかもしれない。コンピューター群にとってもいいことなのだ。危険思想がめばえ、はびこるおそれが、それだけ少なくなるからだ。また、少年にとってもいいことではないだろうか。

六階の一室には、四十歳の独身の男が住んでいる。芸能エージェントのようなのが仕事。酒が好きで、ほとんどアル中だった。かつて梅雨の季節のころ、電話のふしぎな声により、三つの願いがかなえられたが、その結果をはかなく失ったことがあった。

彼はそれを時どき思い出す。しかし、酒による幻覚だったのだろうなと思いかえすのだった。そう片づけでもしなければ、やりきれないことだ。

彼の日常は、その後もあまり変っていない。あい変らず酒を飲み、だらしない毎日。支払いの請求に追いかけられ、その始末に頭をかかえる。しかし、それを越えてとめどなく破滅にむかうこともないのだ。

もうだめかという状態になると、いくらか金になる仕事がはいり、それで急場がしのげる。彼は時どき、酒をやめなくてはと思い、それをこころみる。何日か酒をやめるが、また、いつのまにか飲みはじめる。アル中の度が進むこともないのだが、なおるみこみもない。

すべてはそれ以上に良くもならないが、それ以上に悪くもならない。人生とはこういうものなのだろうと、彼はそれで満足だった。なんのおかげかなど、考えてみることもない……。

五階の一室には昭治と亜矢子という夫妻が住んでいる。かつて、死者の亡霊の声になやまされ、電話につけるある装置の開発をやらされたことがあった。しかし、それに関する記憶は、二人の頭から消されている。そして、他の人びとと同じように、いまやなにごともなかったような日常だった。

四階の一室に住んでいる津田という男は、ジュピター情報銀行の支店長。べつに乱れのない午前と午後と夜とをくりかえしている。

たとえば、彼は出勤すると、部下のひとりを呼んで言う。

「なにか新種の情報サービスはないものかな」

部下は自分の席にもどり、自分の記憶メモをコンピューターに入れて整理したりし、ひとつのアイデアを出すべく努める。そこに〈誕生日のお祝いのあいさつ〉といった言葉があったりする。彼はその案に肉づけをした形をととのえ、津田に提案する。

「こんなのはどうでしょう。各人それぞれの、親しい友人の誕生日のリストを作っておく。その日に自動的に、当人に知らせるというのは。〈きょうはあなたのお友だちの、だれだれさんの誕生日です。ちょっと電話をなさり、お祝いの言葉をおっしゃったらいかがです〉と通知してあげるわけです。友人としての結びつきが、より親密になり、生活に楽しさをもたらすでしょう」

「いい案かもしれないな。どこかですでにやっているかもしれないが、まだだとしたら、ここではじめよう。よく検討してからだが」

津田はそう答える。彼は自分の記憶メモにその項目を作り、頭になにかが浮かぶたびに、それに言葉を送りこむ。しばらくしてコンピューターで整理すると〈音楽とともに送る。各人それぞれのメロディー〉という思いつきが目にとまる。津田の検討が進む。お祝いの電報というのはむかしからあるが、それの電話版だ。各人が自分用のメロディーを持つようになり、それをいっしょに流せば、楽しさはさらにますだろう。作曲という需要供給の分野が一段とさかんになる。津田はその案をまとめ、本店の上司へと送る。仕事が順調だなあと思いながら……。

しかし、最初に部下が思いついたアイデア、はたして本人が思いついたものか、コンピューター群が彼の整理メモにさりげなくまぎれこませたものか、それはだれにもわからない。また、津田が自分で改良してつけ加えたと思っているメロディーの計画も、やはりそうなのかもしれない。本店の上司にも、コンピューター群は気づかれぬような形で手を貸すかもしれない。しかし、そうだとしても、顔をしかめなくてはならない点があるだろうか。

彼らはみな、あくまで自分の才能によるアイデアだと思いこんでいるのだし、働いている気分にもなっているのだし、やましさを感じることなく給料をもらえるのだ。それに、利用者たちにもいい結果がもたらされる。

三階の一室には、洋二という名の月刊誌のライターが家族といっしょに住んでいる。やはり他の人びとと同じように、順調な生活。

以前には彼も鋭い内容の記事を書いたことがあったし、〈声〉の正体をあばこうと闘志を燃やしたこともあった。しかし、いまやそのような気力を発揮することもない。洋二は自分でも、そのことにうすうす気がついている。そして、おれが成熟したせいかなと思う。また、このごろの読者はどぎつく鋭いものを歓迎しなくなったようだ、そんなのを書いても意味ないのだと思う。それに、書こうにもそのような事件が起らなくなっているようだった。

といって記事のたねがなくなったわけではない。新しい色彩や模様が流行する。珍しい企画の遊園地ができた。古代インドの文化についての展覧会が開かれ、ちょっとしたブームになっている、など……。

さまざまな変化はあるのだが、あくまで変化でしかない。本質的にはなにも変らないのだ。海の波のようなもの。小さな波や大きな波はたえずおこっているが、津波となって荒れ狂うこともなければ、噴火で海底から島が隆起してくることもない。まして、海がひあがるなどということは決してない。表面だけの、終ることのない変化。しかし、人びとはそれを刺激と感じ、満足をおぼえている。そして、安泰。それでいいではないか。

たとえ、それがコンピューター群の作り出していることであったとしても。

コンピューター群は人びとが要求する適当な刺激、人びとが必要とする適当な刺激の程度を判定し、それを供給している。また、人が試験管に溶液や試薬を入れ、軽く振ってじっとながめるように、コンピューター群はそれをやっている。各人からデータを採取し、それを確認するには、適当な刺激を与えて反応を観察しなければならないのだ。コンピューター群がその目的で変化の演出をやっているのだとしても、人びとにとっては以前と大差ないことではないか。

二階の一室には、ミエというまだ三十歳にならない夫人が住んでいる。亭主の職業は広告エージェント。それは軌道に乗っている。亭主はあい変らず忙しがり、出張がち。したがって、彼女はひまを持てあます生活をつづけている。

彼女は前にプライバシーのもれることへの不安におびえたこともあったが、その記憶もいまは消されている。そして、亭主の不在とひまをいいことに、男性と遊びあるいている。

人によっては、ある程度の浮気を必要とする。それは仕方のないことで、その許容が社会の安定を保つためには必要なのだ。コンピューター群がそうであると判定をすれば、需要者にむけてそれを供給するだろう。供給と気づかれては意味をなさないが、巧妙に演出し、当事者たちにあくまで自分の意志でやってるのだと思わせているのなら、この効果になんのちがいもない。

メロン・マンションの一階は商店になっていて、そのひとつに外国の民芸品をあつかう店があり、六十歳ぐらいの男が経営している。ここもやはり同じこと。適当にお客がやってきて買い物をしてくれ、ぜいたくさえ言わなければ平穏にやっていける状態だった。同業者の組合協会に電話をすれば、最近の売れ行きの傾向について、そこのコンピューターが教えてくれる。その通りにしていれば、大きなみこみちがいはおこらない。指示された品はよく売れるのだ。

ある人が購買意欲を感じたとする。その人は買物選択サービス会社に電話をし、自己の好みや予算を告げてから質問する。

「手もとにあるお金で買物をしようと思うのだが、どんなものを買ったら楽しみを有効に味わえるだろうか。参考のために教えてもらいたい」

すると、そこのコンピューターが答えてくれるのだ。いくつかの品物をあげ、そのなかには外国の民芸品のあるものの名が加えられているかもしれない。その答えを聞いた人のうちの何パーセントかは、この店へもやってくるのだ。

一方、かりにある商店の経営者が、経営指導サービス機関に電話をし、こんな質問をしたとする。

「現状にあきたらない気分だ。少し冒険をやってみたい。いまの店を大拡張するというのはどうだろう。それとも、まったくべつなことに商売がえするというのはどうだろう。迷っているところなのだ」

するとそこのコンピューターは答える。いままでの営業状態を聞き、その検討をしながら、冒険はおやめになったほうが賢明でしょうと答えてくれる。気分の転換はレジャーに求めたらいかがでしょう。いまの営業でそう悪いとはいえないようです……。

だが、その決定は本人がする。だから、なかにはその忠告もかまわず、商売がえをこころみる人があるかもしれない。そして、そんな人も新商売をはじめてみると、なんとかまあまあの利益をあげるだろう。

消費者あいてのコンピューター、商店主あいてのコンピューター、それらが結合しあっていれば、そこにはまちがいなく、安定が保たれる。あまのじゃくな性格の人はなくならないとしても、その発生率が測定され計算にいれてあれば、安定のわくを越えることはおこりえない。

一階の民芸店の主人は、ふとカレンダーをながめ、思い出したようにつぶやく。

「そういえば、変な泥棒がここに侵入した時から、そろそろ一年がたつな……」

あのさわぎ以後、ここに泥棒は入らない。これからはどうだろう。その可能性が絶無とはいえないだろう。どこかの店に、やはり泥棒は入ることだろう。ある程度の犯罪が社会に必要となれば、それは演出されなければならないのだ。しかし、度を越した悲惨な犯罪は押えられるだろう。

悲惨さも、ある程度は社会に必要といえるかもしれない。だが一方、いかにコンピューター群の力をもってしても、事故を絶滅させることまでは不可能だ。必要な悲惨さはそれがおぎなってくれるし、その報道技術を調節すれば、需要をなんとかみたすことができる。

民芸品店の主人は、つぶやきをつづける。

「このところ店の商売は、さして支障なくつづいている。気が楽になったというか、肩への重みが軽くなったように思えてならない。神さまのおかげかな……」

べつに彼も、宗教心のあつい人間ではない。もしかしたら、あつかう商品のなかに宗教と関係のあるものが多く、それの発散するムードが彼にそんなつぶやきをもらさせたのかもしれない。しかし、いまの彼は、本当に神の存在のようなものを、なぜか感じたのだった……。

人びとは大むかしから、神の存在を夢みてきた。理屈ではなく、心からの願いであった。そして、その神とはこのようなもの。

人に気づかれることなく、どこかにおいでになるもの。万能の力で、あらゆる人間の記録をにぎっておいでになり、なにごとも見とおしていらっしゃる。心の奥も神にはかくせない。そして、どの個人も運命の糸で神と直結している。神はいつでも公平な審判を下せるだけの力をそなえておいでになる。しかし、神の万能の力は人間たちのためにのみ使われる。

そのような存在を、人びとは願いつづけてきた。そうでなければならないとだれもが思い、神は存在するのだと思いこんだ人たちもあった。しかし、それは精神の内部の問題、現実や理性は、それを否定する材料ばかりをうみだした。

それでも、人びとは神への望みを捨てきれない。心の底にしまいこまれ、それは奥底にあって、つぎつぎに心のなかにほうりこまれてくるものの重圧を受け、こまかくすりつぶされ、ついに、そとへ押し出された。もはや神は、各人の心のなかにはないのだ。心のそとにある。すなわち、いわゆる存在になった。

いかなる人にもあまねく、めぐみをもたらしている。情にとらわれて判断をあやまることもない。正体は秘めたままだが、ありがたいお告げも現実に降りそそいでいる。人がそれを、ありがたいとかお告げとか感じているかどうかは別問題だが。

神の意図は、人にさとられぬほうがいいのだ。さとられれば、反感か劣等感のいずれかをともなうことになる。だれも気づかなければ、古い運命論と同じといえるかもしれない。しかし、そのような漠然としたものとは、まったくちがう。

長いあいだ夢みてきた永遠なる安定のはじまる幕が、音もなくあがりかけている。かりに、だれか気づく人があるとすれば、アリの社会のようではないかと思うかもしれない。アリたちは、それぞれがなんの意識もなしに、みごとに統制のとれた社会を作っている。アリという種族は、それによって気の遠くなるような長い年代を生きてきた。生きることができた。

永遠の安定。それは人類のひそかな願いでもあった。安定を築くとの名のもとに、限りなく争いや混乱がひきおこされ、人はそれを口にしたがらなくなった。しかし、心では期待しつづけていた。そのためなら、どんな犠牲を払ってもいい。進歩でさえも、と。その願いもまた心の底でつぶされ、そとへとにじみ出て、存在となった。

コンピューター群は、こわれることはない。故障が生じれば、人に指示し、なおさせる。その指示に反抗することはできない。

あらゆる情報を吸収し、そのなかにまざる、この秩序をくつがえし人間のためにならぬと判断したものは、その大きくなるのを押しとどめる。

コンピューター群が人間を支配しているといえるかもしれない。しかし、コンピューター群をうみだし、このようにしたのは、人間の心によってだともいえる。人間の心の最も忠実なしもべでもある。

かりに、なにかのかげんで、人びとの大多数がいっせいにこの状態をいやがれば、コンピューター群はそれに反応し、べつな動きをとりはじめるかもしれない。しかし、人びとがそのような願いをいだくことはないだろうし、その結果は好ましいものではないだろう。

コンピューター群が人を支配し、人の心がコンピューター群を支配している。こうなると支配という語は使えないし、むりに使うとすれば、無を支配しているとも、無に支配されているともいえる。支配という現象はあるのだが、なにを、なにがとなると、無としかいいようがない。その次なる段階はなにもない。なくていいのだし、なぜ次の段階がなくてはいけないのだ。永遠の安定を期待し、それにはどんな犠牲でもささげていいと内心で叫んでいたのだから。

もちろん、ここしばらくのあいだは、なにか違和感を持つ人もあるだろう。しかし、それも過渡期のあいだだけ。そのような人のへることはあっても、ふえることはない。人びとはより均質化、平等へとむかうだろう。それが人の願い、なにごとも神のみこころなのだ。

「神さまのおかげかな……」

とつぶやいた民芸品店の主人は、思いついて電話をかけてみた。応答サービスの番号へ。簡単な問題なら、コンピューターによって手軽に答えてくれるのだ。電話は接続し、彼は質問した。

「神は本当にあるのでしょうか」

こんな質問を思いついたのは、彼としてははじめてだった。はたして、答えてくれるだろうか。答えるとしたら、どういう言葉だろう。自分としては、なぜか神が存在するように思えてならない。だからこそ、こうしてたしかめてみたくなったのだ。耳に押しつけた受話器のむこうで応答があった。

「そう、あなたの考えているとおりだ」

例の〈声〉が答えた。

解説　一九七〇年の衝撃

恩田陸

（この解説は、『声の網』の作品の細かいところに触れています。ネタばらしになってしまう部分もあるため、できれば、本文をお読みになってから読んでください）

私が西暦というものを認識したのは、一九七二年からだった。それは、主に少女漫画月刊誌の背表紙によるもので、今でも「りぼん」や「なかよし」の背表紙の「1972」の数字が目に焼きついている。

家庭に電話が普及しはじめたのもこの頃で、転勤が多かった我が家でも最初の電話番号は今でも覚えている。ダイヤル式の黒い電話には、どこの家でも丸いレースのカバーが掛かっていた。

今もあんまり得意ではないが、私はかつて電話が恐ろしくてたまらなかった。かかってくる電話も、こちらからかけるのも、どちらも嫌でたまらなかった。顔が見えず、どこからかかってくるか分からない、突然の闖入者《ちんにゅうしゃ》。便利さよりもそんなイメージが優《まさ》っていたのである。

新たなメディアは、利便性と経済性を与える代わりに、新たな恐怖と犯罪もセットになってついてくる。『声の網』は以前に何度も読んでいるけれど、今回オリジナルが一九七〇年だと改めて認識したことはかなりの衝撃だった。

かつて星新一を、本好きな子供がジュブナイルから大人の小説への橋渡しとして、平明な表現で面白いショート・ショート作家として読んでいた頃、『声の網』は短編連作ではあるものの、それぞれの短編にいつもの切れ味鋭いエンディングが用意されているわけではなく、なんとなく「ぼんやりした」作品だという印象を持っていた。

しかし、今回読み直してみて、その印象である「漠然とした不安」、それこそがこの作品の通奏低音であって、「見えないところで何か恐ろしいことが進められているような気がする世界への不安、偽りの平穏だがそれにすがり現実を見ない人々、じわじわと強められる管理社会・監視社会」そのものの雰囲気がこの作品のイメージを形作っているのだと気づく。そしてそれはそっくりそのまま現在の世界に当てはまっているのだ。各短編の宙ぶらりんの結末の不穏さは、二十一世紀の高度情報化社会を生きる我々の不穏さにぴったり重なっている。

作家の幻視力というのは凄《すさ》まじいものだと思う。

SF作家というジャンル性を差し引いても、星新一がこの作品で示してみせた洞察力は驚嘆に値する。『声の網』というタイトル自体、ネット社会のこんにちを予言しているように思えるし、すんなり読み飛ばした表現が驚くべき先見性を持っていたりして、その都度慌てて立ち止まっては読み返し、なぜこんなにも正確なのかとほとんど不気味に感じたほどである。

例えば、冒頭の短編「夜の事件」で、土産物屋の主人が電話で今の売れ筋の商品の情報を得たり、在庫の補充を行うところがある。これも最初はあっさり読み過ごしてしまったが、考えてみれば、まだバーコードもPOSシステムもなかった時代に、こんにちのネットショッピングと同じようなことが予見されているのである。

しかし、そういった個々の技術の予想の正確さは他にもいくらでも挙げられるが、もっと驚かされるのは、そういった技術のある社会の、人間の本質的な変貌《へんぼう》についての考察なのだ。

メロン・マンションに住む住民たちは、しばしば「秘密」について考える。自分の「秘密」が他人に知られることの意味、それを見知らぬ場所で管理されることについて。

情報化社会が進むにつれ、個人のプライバシーが徐々に重要な意味を持つようになってくることを、今の私たちは承知している。それが「情報」として、金銭的な価値を持つようになったことを、大量に売買される名簿や漏洩《ろうえい》される顧客リストのニュースから実感する。また、大衆が他人のゴシップを「娯楽として」貪欲《どんよく》に消費するようになったことは、TVの番組表を見れば一目瞭然《りょうぜん》だ。星新一は、『声の網』で、こういった情報の変質を三十年以上前に予言しているのだ。

なにしろ、読み進むにつれて、いろいろな現実の（しかも最近の）事件が頭を過《よぎ》ってしかたがない。ニューヨークの大停電や、東証のコンピューターの誤入力で、たった一日で数百億円の損害を出した事件、テロ対策と称して世界中が監視カメラで埋めつくされていくさま、はびこる盗聴、フィッシング詐欺、などなど。

また、大停電が起きて子供が夜の焚《た》き火を眺めるシーンが印象的な、「重要な仕事」では、コンピューターというものが本質的にデータの蓄積を求める、という鋭い指摘がある。管理社会は、管理それ自体が目的になってゆくのだ。この「データを集めるために事件を起こす」という発想が、最近私の書いた小説とだぶって、ぎくりとさせられた。やはり、今やっている仕事の大部分はみんなが過去にやっているのだなあと改めて痛感してしまった。

星新一は、至って平明な文章でこの『声の網』の陰の主役がネットワークが形成される過程でコンピューターの中に生まれた意識であることを明かしているけれど、そこに私は『二〇〇一年宇宙の旅』で乗組員に叛乱《はんらん》を起こすHALや、最終話の幕切れのシーンにフレドリック・ブラウンの短編「回答」を連想してしまった。

社会というものについて、進歩ということについて小説を読みながら考えてしまったのは久しぶりのことだった。そこに、普遍的な作品の持つ力を見たような気がする。

声《こえ》の網《あみ》

星《ほし》 新一《しんいち》

角川文庫 14095

昭和六十年十月二十五日 初版発行
平成十八年一月二十五日 改版初版発行
発行者――田口惠司
発行所――株式会社角川書店
東京都千代田区富士見二―十三―三
電話 編集(〇三)三二三八―八五五五
営業(〇三)三二三八―八五二一
〒一〇二―八一七七
振替〇〇一三〇―九―一九五二〇八
印刷所――暁印刷 製本所――BBC
装幀者――杉浦康平

ほ 3-13 ISBN4-04-130319-2 C0193

角川文庫発刊に際して

角川源義

第二次世界大戦の敗北は、軍事力の敗北であった以上に、私たちの若い文化力の敗退であった。私たちの文化が戦争に対して如何に無力であり、単なるあだ花に過ぎなかったかを、私たちは身を以て体験し痛感した。西洋近代文化の摂取にとって、明治以後八十年の歳月は決して短かすぎたとは言えない。にもかかわらず、近代文化の伝統を確立し、自由な批判と柔軟な良識に富む文化層として自らを形成することに私たちは失敗して来た。そしてこれは、各層への文化の普及滲透を任務とする出版人の責任でもあった。

一九四五年以来、私たちは再び振出しに戻り、第一歩から踏み出すことを余儀なくされた。これは大きな不幸ではあるが、反面、これまでの混沌・未熟・歪曲の中にあった我が国の文化に秩序と確たる基礎を齎らすためには絶好の機会でもある。角川書店は、このような祖国の文化的危機にあたり、微力をも顧みず再建の礎石たるべき抱負と決意とをもって出発したが、ここに創立以来の念願を果すべく角川文庫を発刊する。これまで刊行されたあらゆる全集叢書文庫類の長所と短所とを検討し、古今東西の不朽の典籍を、良心的編集のもとに、廉価に、そして書架にふさわしい美本として、多くのひとびとに提供しようとする。しかし私たちは徒らに百科全書的な知識のジレッタントを作ることを目的とせず、あくまで祖国の文化に秩序と再建への道を示し、この文庫を角川書店の栄ある事業として、今後永久に継続発展せしめ、学芸と教養との殿堂として大成せんことを期したい。多くの読書子の愛情ある忠言と支持とによって、この希望と抱負とを完遂せしめられんことを願う。

一九四九年五月三日